écriture　新人作家・杉浦李奈の推論 Ⅳ

シンデレラはどこに

松岡圭祐

角川文庫
23151

目次

1

　二十三歳の杉浦李奈《すぎうらりな》は、ＫＡＤＯＫＡＷＡ本社に近い飯田橋《いいだばし》の喫茶店、四人掛けのテーブルにいた。昼下がりだけに、店内はそれなりに混んでいる。

　駆け寄ってきたのは、三十代半ばで面長に丸眼鏡、角川文庫の担当編集者だった。菊池荘輔《きくちそうすけ》が向かいに座った。「やあ。おまたせ」

「どうも」李奈は軽く腰を浮かせ会釈した。本社のラウンジ以外での打ち合わせはめずらしい。

　菊池はコーヒーをオーダーすると、大判の封筒からゲラの束をとりだした。「これを見てほしいんだけど」

　ゲラのうち、なぜか一枚だけが差しだされた。李奈は妙な気分で受けとった。

　小説の原稿が印刷所に入稿後、本の見開き二ページずつを仮印刷した紙が、全ページぶん作成される。これをゲラという。編集者と校閲スタッフが、エンピツで修正や疑問点を書きこみ、著者のもとに送ってくる。著者は朱字、すなわち赤のボールペンで修正を確定し、出版社に送りかえす。

李奈の小説ではなかった。まったく見覚えのない文章だった。著者による朱字修正も入っている。

山本は診療を終え、薬の処方箋《しょほうせん》を受け取らんがために待合ロビーへと向かった。ロビーは年末年始の空港とほぼ同じぐらいには混み合っていた。表示された電光掲示板の番号を見上げると……

菊池がきいた。「どう思う？」

「著者のかたは中年以上かと……。具体的には五十代半ばかそれ以上」

「なぜわかる？」

「朱字の入れ方ですよ。組版済みの活字のなかで活かせる部分を、極力活《い》かそうとしてます。写植の時代、一字ずつ活字を拾うのが手間だったころは、こんな修正がふっうでした」

「若いのによく知ってるな」

「いまではオペレーターも簡単に文字が打てるので、むしろこんな朱字はわかりづらいです。一文まるごと打ち消し線を引き、隣に修正文を書くでしょう。打ち消した部分に含まれる単語を、朱字に再度書こうがおかまいなしです」

「さすがだなぁ」菊池は顔を輝かせた。「前から思ってたけど、杉浦さんは文学研究者向きだね」

「小説家としては大成できないってことでしょうか……?」

「そうはいってないよ。でもきょうはその慧眼《けいがん》をもって、ぜひ協力してくれないか。おっしゃるとおりこの小説の著者は、五十七歳の与縄将星《よなわしょうせい》先生。知ってるかな」

「いえ……。不勉強でして」

「知らないのも無理ない」菊池が声をひそめた。「経歴が長いだけの売れない小説家でね。ずっとむかしにうちでデビューしたから、つきあいでシリーズを細々と刊行しつづけてる」

酷《ひど》い言いぐさだ。李奈は醒《さ》めた気分でささやいた。「明日はわが身ですね」

「とんでもない。きみは前途洋々じゃないか」

「ほんとですか？　このあいだ提出した次回作のプロットは……」

「ちゃんと検討してる。企画会議にも提出する。いま問題にしてるのは与縄先生だよ。そのゲラとは別に、うちでだした新刊がこれだ」

菊池が文庫本をとりだした。角川文庫で題名は『新宿ゴールデン街殺人事件』。帯のいろからすると先月刊行されたばかりだ。

文庫をテーブルに置き、菊池がいった。「付箋《ふせん》をつけてある二か所を見てくれ。赤《あか》森《もり》という登場人物が、一七〇ページぐらいで死んでるだろ。でも二二三ページに……」

李奈は受けとった文庫本を開いた。二二三ページ。「〝電話の相手は赤森だった。夜は出前をとりますか、うな重は茶碗蒸《ちゃわんむ》し付きだといいですね、赤森は無邪気にそういった〟。あー、これは……」

「初校ゲラと再校ゲラ、二回の修正でいじくりまわすうちに、死んでた人間がひょっこり生きかえっちまった」

「ミステリでは気をつけてないとありがちですよね。あまり重要でない脇役の生死を、作者が忘れちゃうという……。でもふつう、編集者か校正の人が気づくんじゃないですか？」

「知ってるだろ。編集者ひとりにつき四十人以上の作家を抱えてる。校閲作業も初版部数の多い作家が優先でね。文庫書き下ろしでごく少部数の、注目度の低い作家の小説になると、そのう、あまり手間をかけられないというか」

他人《ひと》ごととは思えない。李奈はもやもやした気分になった。「それが角川文庫のスタンスなんですか？」

「とんでもない！　人件費が削減されてるぶん、編集者はみんな徹夜の連続で必死に仕事してるよ。問題はあまりに忙しすぎて、担当編集者がこのくだりを読んだかどうか、はっきりおぼえていないってことだ」

「読みかえす最中に目が滑って、校正漏れが生じたんでしょう」

「そりゃまあ、あまり面白くない小説で、売れ行きにも期待できない場合、仕方ないというか……。いや、そんな言い方は適切じゃないな。この本の感想文は、ネット上にたった二件のみ。どちらも死んだ人間が生きかえるガサツさを指摘してる」

「与縄さんはあわてたでしょうね」

「大激怒だよ。奥さんとふたりがかりで、交互に電話してきて、担当編集者を責め立てた。哀れ担当は自律神経失調症で入院、休職中。仕事の話もできなくなった」

「校正漏れは最終的に著者の責任だって、ＫＡＤＯＫＡＷＡの出版契約書に書いてありますよね……？」

「修正箇所を確定させるのは、すべて著者だからな。ところが与縄先生によれば、このくだりは再校ゲラで直したというんだ」

「直してあったんですか？」

「あくまで与縄先生の主張だよ。具体的には赤森でなく別の登場人物名にしたらしい」

「その修正が反映されたかどうか、与縄さんはたしかめなかったんですか」

「再校ゲラを印刷所に戻したあとは、本が刷りあがるまで、著者はいっさいタッチできないからな。念校を確認する作家もいるが、与縄先生の脱稿が遅く、スケジュールがタイトで無理だった」

「ならいま再校ゲラを取り寄せれば真偽がわかるでしょう」

「そのとおりだ。担当編集がダウンしてるから、ほかの社員がデスクを漁《あさ》った。印刷所から戻ってきた再校ゲラを見つけ、取り急ぎそれを与縄先生に送ったが、その社員も当該箇所は確認してない。担当でもないし、問題点を認識していなかったからだ」

「ずいぶんドタバタですね」

「認めるよ。雑な著者対応のうちのひとつだ。再校ゲラはいま、与縄先生の手もとにあるんだが、一緒に確認したいからと、編集部に電話がかかってきた。夫婦揃って出向いてくるというんだよ。担当編集は出社してないし、僕が代わって対応しなきゃならなくなった」

不安が胸をかすめる。李奈は菊池を見つめた。「まさか、その待ち合わせというのは……」

「いまここだよ」菊池が身を乗りだした。「もうすぐ与縄先生ご夫妻が来る。きみ、持ち前の文学研究者的視点で、編集部を弁護してくれないか」

李奈は立ちあがった。「コーヒーごちそうさまでした。編集会議の結果をおまちしています」

「まってくれ」菊池がすがるように腰を浮かせた。「なあ頼むよ。いままでも何度か、うちの危機を救ってくれたじゃないか」

「頼まれても困ります。与縄さんの小説を一冊も読んだことないのに、わたしが口を挟むなんて失礼ですよ」

「僕だって読んでない」

「いっそう失礼じゃないですか」

「どうせ与縄先生が直し忘れたにきまってる」

「ゲラのコピーをとってないんですか？　印刷所に問い合わせればわかることでしょう」

「いちいち問い合わせると厄介がられるし、返答もすぐじゃないんだ。有名作家のことならいざ知らず、こんなちまちまとした案件で、印刷所の手を煩わせるとなると……」

「わたしにできることなんて、なにもありません」

男性の声が話しかけた。「菊池さんですか」

はっとした菊池が近くに目を向ける。李奈もそちらを見た。

おそらく五十代後半、白髪頭の痩《や》せた男性が、ワイシャツ姿でたたずんでいる。春先にもかかわらず、夏の陽気がつづくいま、特に身だしなみを気にせず、ぶらりとでかけてきた感じだ。わきに同世代の婦人もいた。婦人はこってりとメイクをし、よそ行きのドレスを着ている。ふたりとも頑固さを絵に描いたような、渋い表情が共通している。

男性がいった。「与縄です。もちろんペンネームで、本名はちがいますが。こっちは家内の志津恵《しづえ》です」

「あ」菊池がテーブルをまわりこみ、李奈の隣に移動してきた。「どうも、与縄先生。

おまちしておりました。おかけください」

向かいのふたつ並んだ席に、与縄夫妻が腰かけた。菊池も着席したため、李奈はひとり立っているわけにいかなくなった。やむをえずまた椅子に座った。

ようやく菊池のコーヒーが運ばれてきた。与縄夫妻がアイスコーヒーを注文する。従業員が引き下がった。すると与縄はさっそく、かさばる大判の封筒をテーブル上に置いた。

白と青のツートンカラーの封筒、下端にKADOKAWAと大書されている一方、まだ東京オリンピックのロゴいり。よほど多く印刷してしまったのだろうか。宅配便の伝票が貼ってあり、まだ開封されていなかった。

与縄の態度は慇懃鄭重《いんぎんていちょう》だが、怒りの感情が見え隠れする。「お手数をおかけして申しわけありません。ご覧のとおりまだ封筒を開けてもいないんです。御社と一緒に確認したいと思いまして」

菊池がこわばった笑いを浮かべた。「与縄先生。あのう、そんなに堅苦しくお考えにならなくとも、こちらとしても誠意をもって対応を……。重版がかかったときには、すみやかに修正しますので」

「重版？　そんなのあると思いますか。この十年近く、重版なぞかかったためしがありません」

売り上げが伸びないのは著者のせいでもあるだろう。菊池はそういいたげな表情をのぞかせたが、愛想のよさだけは維持している。「ご迷惑をおかけしましたことは、重々承知しております。ただ弊社としましても、出版契約書の条項に基づきまして、できることも自然にかぎられてくるわけで……」

夫妻のアイスコーヒーが運ばれてきたせいで、会話は中断せざるをえなかった。与縄はむっとした顔で封筒を開けにかかった。

妻の志津恵が不満げにこぼした。「この封筒、手がスパスパ切れますのね。わたしの若いころ、角川ミニ文庫というのがあったんですけど、あれと同じぐらい切れます。御社の方針なんでしょうか」

「いえ」菊池はよくわからないという表情で応じた。「そんなことはけっして……」

李奈は志津恵にいった。「わかります。ほんとこのオリンピックのロゴ入り封筒、少し油断しただけで、指先にぴりっと痛みが」

「でしょ?」志津恵が真顔を向けてきた。「あなたはどなた?」

「杉浦李奈といいます。与縄さんと同じく小説家でして」

菊池が不服そうなまなざしで一瞥《いちべつ》した。どちらの味方なのかと目でたずねてくる。

李奈は顔をそむけた。たまには担当編集者が困る姿を見るのも悪くない。

与縄がゲラの束をとりだした。クリップで綴《と》じてあるゲラをぱらぱらとめくる。ほどなく与縄はいろめき立った。「ほらみろ。私はちゃんと直してる」

テーブルの上に置かれたゲラが菊池に押しやられる。二二二と二二三ページの見開きが印刷されていた。

電話の相手は赤森だった。夜は出前をとりますか、うな重は茶碗蒸《ちゃわんむ》し付きだといいですね、赤森は無邪気にそういった。

菊池がたじたじになった。「これはいったい……。いえ、あのう、印刷所のミスでしょう。朱字の直しをちゃんと反映させなかったんです」

与縄は憤然と首を横に振った。「念校の確認は編集者の仕事でしょう？　私はこうしてちゃんと修正したんです。自分でもしっかりおぼえていた。なのにあなたがたは取りあってもくれなかった」

志津恵も目尻《めじり》を吊《つ》りあげ怒りだした。「出版契約書が著者責任をさだめていようと、これは御社のミスです。小説家としての夫の不名誉につながります」

「いや」菊池はすっかり狼狽《ろうばい》していた。「こんなことが起こりうるとは……。ちょっと考えられないことです。事情をたずねようにも、担当編集が療養中でして、いまはどうにも……。なぁ？」

菊池が李奈に目を向けてきた。部下の社員かなにかと勘ちがいしていないだろうか。同意を求められても困る。

しかしなにが正しいかを追求するのなら、いまは菊池に助け船をだすべきだった。

李奈はコーヒースプーンを手にとった。「ちょっと失礼します」

スプーンの柄尻を朱字の修正箇所にあてがう。軽くこすってみた。柄尻を浮かせると、加藤《かとう》という字と、打ち消し線の一部が消えていた。

夫妻が揃って驚きの反応をしめした。菊池も同様だった。

「なっ」与縄の目が丸くなった。「こりゃいったい……？」

「ご覧のとおりです」李奈はいった。「こすれば消えるフリクションインキです」

「そんな馬鹿な」与縄が抗議してきた。「朱字はふつうに赤のボールペンを使うんだよ。そもそも校正者のエンピツは修正の提案で、著者の朱字は修正の確定だ。消しゴムをかけても残らなきゃ朱字の意味がない」

　李奈は封筒のにおいをかいだ。「冷凍庫にキムチを長くいれっぱなしですよね」

「なんの話だ」

「お気づきですか。二二二ページにも句点を読点に修正した朱字が入っています。次の紙、二二四ページでも〝まだ未定〟という表現について重複ぎみのため、〝未定〟のみに直してあります」李奈は文庫を開いた。「こちらでも二二二ページは句点のまま、二二四ページは〝まだ未定〟です。ミスはくだんの部分だけじゃなかったんです」

　志津恵がいっそう憤慨した。「菊池さん。こんなにミスが頻発するようでは、大手出版社の名が泣きますよ」

　李奈は冷静に制した。「まってください。二二五ページの朱字修正は、ちゃんと文庫に反映されてます。ほかの修正箇所もぜんぶそうです。なぜか二二二から二二四ページのあいだだけ、朱字が消えるインクで書かれ、しかも担当編集者の目に触れたときには、消えた状態だったと考えられます」

　菊池が硬い顔を与縄に向けた。「赤いボールペンはどこでお買い求めに?」

「いつも家内が買い物ついでに用意してくれてるが……」

志津恵はまずいという顔になった。頰筋《きょうきん》を引きつらせ口ごもった。「わたしにはなんのことか、さっぱり……」

李奈はため息をついた。「ご主人にいたずらをしましたよね？　仕事の途中で赤いボールペンをフリクションペンにすり替え、一定時間ののち、ご主人が席を外したとき、また元に戻したんです」

「なにをいってるの」志津恵が憤慨しだした。「主人はちゃんと全文を見かえしたあと、いつも自分で封をするのよ。この封筒も届いたきり、いままで開けてなかったんだし」

「宅配便で送るのも、受けとるのも、奥様の役割として習慣化してますよね？」

「それはそうですけど……」

「伝票によれば、届いたのはきのうです。ひと晩冷凍庫に寝かせたでしょう。それ以前に、再校ゲラをKADOKAWAに送る前には、封筒の上からドライヤーで温風を浴びせましたね」

菊池が唖然《あぜん》としながら李奈を見つめてきた。「フリクションインキの性質ってやつか？」

「ミステリの定番ネタです」李奈は物憂げにいった。「フリクションインキがこすって消えるのは、摩擦熱で透明になるからです。六十度以上で透明、マイナス十度でいろが元に戻ります」

与縄は衝撃を受けたようすで、信じられないという顔を妻に向けた。「おい。いったいなんでこんなことを……？」

いい逃れできないと観念したのだろう、志津恵が涙ながらにうったえた。「結婚記念日だったのに外食さえできなかったじゃない」

「まさか。それでこんな嫌がらせをしたってのか。版元に多大な迷惑が……」

「なにが迷惑？　誰が生活を支えてると思ってるの？　小説の印税なんて微々たるものでしょ。わたしが毎日パートしてるの忘れてない？　家事もぜんぶわたしに押しつけて」

「声が大きいよ。でもなんでトラブルを起こす必要があった？」

「……仕事に挫折《ざせつ》して、いったん版元に愛想を尽かしてくれれば、家庭を顧みるようになるかもって」

「論外だろう！　訴えでもしたら、逆に版元の法務部にコテンパンにされるところだったぞ」

「そうなるのも悪くないと思ったの！　あなたは好きなことをやって幸せかもしれな

いけど、こんなの仕事じゃなく道楽……」

志津恵が言葉を切った。気まずそうな表情を浮かべている。その理由はほどなくわかった。周りの客や従業員が、茫然《ぼうぜん》とこちらを眺めている。

とんだ修羅場に付き合わされてしまった。いたたまれない気分になり、李奈は席を立った。菊池に軽く頭をさげ、さっさと退店する。

外にでると都会の喧噪《けんそう》に包まれた。目白《めじろ》通り沿いの歩道を駅方面に向かう。

あの夫妻には同情するものの、正直うんざりだと李奈は思った。大手版元の編集者から呼びだされ、新作の打ち合わせかと飛んできてみれば、また出版トラブルの相談だった。岩崎翔吾《いわさきしょうご》や汰柱桃蔵《たばしらとうぞう》、櫻木沙友理《さくらぎさゆり》の騒動を経て、いっそうこんな立場に置かれるようになった。

背後から靴音が駆けてきた。振りかえると菊池が、満面の笑いとともに追いついた。

菊池は上機嫌にいった。「いやー、杉浦さんはたいしたもんだ！　おかげで大助かりだったよ。まさか熟年夫婦の痴話げんかだったとは」

李奈は深々とおじぎをした。「いままでありがとうございました」

立ち去りかけた李奈に対し、菊池はあわてぎみに制止した。「ちょ、ちょっとまった。なにをいうんだ。まだこれからの新作の企画会議が……」

「まで暮らせど企画が通らないじゃないですか。連絡があれば今回みたいな話ばっかり。都合よく使われるのはもうたくさんです」

「杉浦さん……。ずいぶんはっきりものをいうようになったんだな。前はもっと内気というか、おとなしかったというか」

出版界の闇ばかり見ていれば心も鍛えられる。李奈はまた歩きだそうとした。「講談社さんと打ち合わせがありますので」

「そう急がないでくれ」菊池がふたたび行く手を阻んだ。「負担ばかりかけて悪かったと思ってる。でもきみが小説家なのに変わりはない。編集者として真剣に向き合っていくことを約束するよ」

「次はいつになったら書かせてもらえますか」

「うちもいろいろ苦しい……。杉浦さんの過去作の売上データをもとに、営業がいつも難色をしめしてばかりなんで……」菊池は李奈の顔いろをうかがい、焦燥をのぞかせた。「いや、それでも僕のほうから、ちゃんと上を説得するから」

担当が上司を説得しなければ、新刊もだせない小説家。自分の才能のなさが原因とはいえ、なんともやるせない心境におちいる。

そのとき四十前後の男性が話しかけてきた。「すみません。ちょっとお話が……。

杉浦李奈さんですか」

「はい。そうですけど」

男性は笑顔に転じた。「やっぱり。いまの喫茶店でお見かけして、そうじゃないかと。前にも岩崎翔吾さんの事件取材で、KADOKAWAの社屋前でお目にかかったんですが」

菊池が割って入った。「KADOKAWAの菊池です。どちら様でしょうか」

「申し遅れました」男性が名刺を差しだした。「日快《にっかい》スポーツの西崎《にしざき》です」

「文化面のご担当のかたですか」菊池がきいた。「書籍紹介欄とかの」

「いえ。芸能とか文化とか、ニュース全般を……。杉浦さん、さっきはおみごとでしたね。探偵ばりの謎解きでしたよ」

トラブルが表沙汰《おもてざた》になっては困る、菊池はそんな態度を露骨にしめした。「記事にはしないでください。ではこれで」

「新刊本を紹介させていただきますよ、記事のなかでね。杉浦さんの岩崎翔吾事件に関するノンフィクション本、充実した内容でした。喫茶店でのご発言をきいて確信しましたよ。優秀な記者並みの嗅覚《きゅうかく》と人間観察力、分析力をお持ちですね」

李奈は戸惑うしかなかった。「ノンフィクションは専門じゃなくて……。小説もラノベがほとんどです」

菊池は態度を一変させていた。「いいじゃないか、杉浦さん。たぶん杉浦さんの人となりに関する記事で、著書についても触れてくれるよ？」

毎度の風見鶏《どり》がきた。会社員はフリーランスを信用できないと思っているかもしれないが、李奈にしてみれば、菊池にこそ猜疑心《さいぎしん》を持たざるをえない。自分というものがなく、長いものに巻かれてばかりに思える。いい面もあるのだが、担当編集者と考えれば頼りない。

西崎という記者は澄まし顔になった。「掲載されるかどうかは、上の判断を待たなきゃなりませんがね。いちおう取材させていただけませんか？」

2

探偵作家ならぬ作家探偵？　杉浦李奈さんの事件簿

杉浦李奈さん（23）は異色の小説家だ。『トウモロコシの粒は偶数（KADOKAWA）』、『雨宮の優雅で怠惰な生活（角川文庫）』、『その謎解き依頼、お引き受けします～幼なじみは探偵部長～（講談社ラノベ文庫）』など、ミステリを手がけながら、故・岩崎翔吾氏事件の謎に迫る『偶像と虚像——或る小説家の真実（KADOKAWA）』を出版、マスコミを驚愕《きょうがく》させるほどの徹底した取材力を世間に印象づけた。

なにより杉浦さんの強みは、収集した情報をもとに的確な推論を構築する、探偵ばりの明晰《めいせき》な頭脳にある。出版には至らなかったが、故・汰柱桃蔵氏事件の真相にもいち早く到達していたとみられるうえ、櫻木沙友理さん（25）の絡む汐先島《しおさきじま》事件についても、警察の捜査に協力したとされる。

今月9日、飯田橋の喫茶店でも杉浦さんは別の作家による出版トラブルを、その場で瞬く間に解決した。これは作家の修正が本文に反映されないまま、文庫が出版されてしまったという苦情に端を発し……

パソコンに表示されたネットニュースから、李奈は目を逸《そ》らし、天井を仰いだ。思わずため息が漏れる。

西崎なる記者からは、この取材はあくまで〝穴埋め記事〟にすぎない、そう伝えられていた。予定されていたなんらかの記事が飛んだ場合に備え、差し替え用として準備されるストックでしかない。それでも話題性がなければ、ストックさえ認められないのだが、編集長は早期の掲載にも賛同してくれたという。まさかこんなに早く載るとは思わなかった。

期待してアマゾンや楽天の順位をのぞいてみる。杉浦李奈の本は、特に売れていなかった。やっぱりと憂鬱《ゆううつ》な気分にさせられる。色物《いろもの》っぽく紹介されたところで、その作家の小説を読みたいという大衆心理には、なかなかつながらないらしい。

ここは阿佐谷《あさがや》のアパート、李奈の住居兼仕事場だった。デスクのある書斎兼寝室に隣接するのは、名ばかりのダイニングキッチン。ふだんはひとり暮らしだが、いまはそちらに来客がいた。三つ年上の兄の航輝《こうき》、それに李奈と同い年の小説家、那覇優佳《なはゆうか》が夕食づくりに追われている。

優佳が航輝にきいた。「春雨、まだ茹《ゆ》でてなかったんですか?」

「あー」航輝が困惑の声を響かせた。「忘れてた。ナスのほうに気をとられてたから」

「もう。フライパンに油を引いちゃったじゃん。ならオクラのヘタをとってください」

李奈はデスクを離れ、キッチンに歩み寄った。「手伝うことある?」

「いいから」優佳は調理台を向いたまままいった。「的確な推論を構築する、探偵ばりの明晰な頭脳は座っててよ」

「やめてよ」

航輝が咎《とが》める目で優佳を見つめた。「妹に皮肉をいわないでくれるか」

「皮肉じゃなくて本心。やっと世間が認めたっていう。わたしも李奈と友達じゃなきゃ、汐先島から無事に帰れたかどうか怪しかったし」

妙な評価が広まるのは願い下げだった。やれやれと思いながら、李奈は兄の横に並んだ。「これからまだ揚げ焼きの段階?」

航輝がうなずいた。「李奈。お母さんから電話があった。喜んでたよ。ひさしぶりに李奈の声がきけて嬉《うれ》しかったって」

母親と話す気になったのは成長かもしれない。とはいえまだ打ち解けたといえるほどではない。馴《な》れあう気にもなれない。そのうちどうせ三重県に帰ってこいといいだすにきまっている。

スマホの着信音が鳴った。優佳が電話に応答した。「はい。……ああ、稲掛《いねがけ》さん。いま李奈の部屋に来てる。例の件でしょ。きいてみるから」

李奈は優佳に視線を向けた。「なに?」

優佳が見かえした。「稲掛幸司《こうじ》さんって小説家。わたしのふたつ前に新人賞獲《と》った先輩でね。ずぼらな性格で、〆切《しめきり》も守らないし、出版契約書の返送さえ何年も滞りがち」

「本人にきこえてない？」

「だいじょうぶ、保留にしてあるし。稲掛さんは家のローンに追われてるけど、なんだか今月の収入が少ないなと思ったら、小学館からの振り込みがないんだって。大手なのにどういうことかと困って、李奈に相談したいって」

「なんでわたしに？」

「ネットニュースを見たんでしょ。ほかにも小説家仲間が何人か、李奈に会いたがってるよ。相談があるって」

航輝が顔をしかめた。「小学館に問い合わせればよくないか？」

「そうなんだけどさ」優佳がぼやいた。「稲掛さん、小学館の新作の〆切も守ってなくて、編集者からの連絡にも居留守を使ってるって。だけど前にやった仕事の報酬は受け取りたいって」

仕方ない気分で李奈はささやいた。「出版契約書」

「え？」優佳は面食らったようすだった。「契約書はいつも事後承認でしょ。本ができたあとで送られてくるじゃん。あんなの急いで送り返さなくても、KADOKAWAの報酬とか、ちゃんと振りこまれてくるし……」

「小学館は契約と経理の処理が一体化してるの。出版契約書に署名捺印《なついん》して返送しないと、経理が動かない」

「へえ、そうだったんだ。知らなかった」優佳はスマホを耳にあてながら、キッチンから遠ざかった。「おまたせ。稲掛さん、小学館の仕事初めて？　あそこの場合はね、出版契約書を送り返さないと……」

李奈は包丁とナスを手にとった。「これ、皮に切りこみをいれりゃいいんでしょ？」

「そうだよ」航輝が応じた。「李奈、にわかに大人気だな。このまま小説家の駆けこみ寺の地位を確立するか」

「売れない小説家が主宰する駆けこみ寺なんて意味ある？　相談したいのはこっちなのに」

「なにを相談したい？」

むろん売れる方法にきまっている。だが答えなどあるはずがない。とりあえず才能のなさは棚上げしておき、日々精進するしかない。

優佳が戻ってきた。「稲掛さん喜んでたよ。杉浦李奈さんに感謝の念を伝えておいてって」

ところがまたも優佳のスマホが鳴った。嫌な予感をおぼえる。

「これお願い」李奈は包丁とナスを兄に預け、キッチンを離れた。

背後で優佳の声が響く。「もしもし。ああ、三尾谷《みおたに》さん。このあいだ話してた件ですか？　いま替わります。李奈！」

李奈は苛立《いらだ》ちとともに振りかえった。「今度はなに？」

「三尾谷翔季《しょうき》さん。知ってるでしょ？『海の山彦』で直木《なおき》賞を受賞した……」

「名前はもちろん知ってるけど、面識がない」

「相談があるんだって。でてよ」

先方をまたせたままにはしておけない。李奈はスマホを受けとった。「はい。杉浦です」

中年男性の声がきこえてきた。「初めまして。三尾谷です。ご無理をいって申しわけありません」

「なんでしょうか」

「じつはお恥ずかしい話、REN《レン》という作家と揉《も》めておりまして」

「あ……。三尾谷さんまで？」

「そうなんですよ。編集者からの指摘で、拙著が三冊ほど被害に遭ってると知りました」

三尾谷翔季が直木賞を受賞したのは十年以上前だ。以後は大きく売れた本こそないものの、優れた長編や短編を精力的に発表している。作品があまり広く知られていないことから、たしかにRENの標的にされやすい立場にあった。

RENという小説家は二年ぐらい前、唐突に現れた。どこかの小説投稿サイトで評判になったのが始まりらしい。グライト出版という版元がやたらと推し、ひところ時代の寵児《ちょうじ》になった。

話題になった理由は、テレビや新聞で派手な広告を打ち、ふだん本を読まない層に認知を広めたことにある。小説にかぎらず書籍全般は、費用対効果が期待できないため、大手でも巨額の宣伝は打てない。しかしときどき門外漢が勝負をかけることがある。親会社が医療機器メーカーという、グライト出版もそのひとつだった。まだ海のものとも山のものともつかない、RENというネット出身の作家を、大々的に売りだした。

グライト出版は賭《か》けに勝った。RENは一年間に二十冊以上もの新作を刊行し、どれもがベストセラー一位に輝いた。特に『或るJKの純愛』と『永遠に生きよう』はいずれも百万部を突破した。

新作出版のたび記念パーティーを開き、旬のアイドルタレントを招くことで、大量の報道関係者を動員した。李奈もワイドショーで観たが、RENというのは二十代半ばぐらいの男性で、長髪にサングラスというミュージシャンのようないでたちをしていた。

文壇には寝耳に水だったらしい。REN作品に関する文芸評論は皆無、文芸誌もスルーしつづけた。けれどもRENはどこ吹く風で、旧来のお堅い出版界を一蹴《いっしゅう》とばかりに、派手にマスコミに露出しつづけた。RENは出版不況の救世主のごとく持て囃《はや》された。

実際のところ、売り上げに悩む書店にとっては、RENのような流行作家は大歓迎だったにちがいない。小説の文中に擬音を多用、語彙《ごい》力のなさに読書家が眉《まゆ》をひそめるなか、RENは女子中高生を中心に支持を集めた。

ところが半年ほど前、ブームは突如として失速しだした。RENの小説はすべて、ほかの作家の小説の盗用だとする声が、ネット上にひろまったからだ。検証サイトが続々と出現、週刊誌もこれに追随した。

李奈はスマホを通じ三尾谷にたずねた。「どの作品が被害に遭ったんですか?」

三尾谷の声が応じた。「私が文藝春秋でだした『マスプロテクション』と『腕の鳩時計』、それに集英社刊の『遠く儚い週末』です。前のふたつはRENの『磨いた靴』『算出可能な寿命』になりました。『遠く儚い週末』は、別の作家の小説とミックスされ、REN著『WIND』と化しました」

「確実に盗作といいきれますか」

「登場人物名はちがいますが、物語は大筋で共通してます。特に私がアイディアを注いだ展開も、すっかりそのまま模倣されています。私の本を傍らに置きながら執筆したにちがいありません」

「同一の文章表現はありましたか」

「そこなんです」三尾谷のため息がきこえた。「RENの文体は初心者そのものですが、私の文章自体はいっさい書き写していません。ストーリーは同一なうえ、私の作品と同じタイミングで、似たキャラクターが似たセリフを口にします。でも文章としては異なるんです」

報道されているほかのケースと同じだ。著作権法が保護するのは〝思想または感情を創作的に表現したもの〟に限定されるが、〝表現したもの〟とは文章だ。文章それ自体が同一なら、著作権侵害を訴えられる。けれども表現の基礎にある思想やアイディアは、著作権法の保護の対象にならない。

ＲＥＮの商法は巧みに法の抜け穴を突いていた。見えすいたパクりであっても、表現さえ変わっていれば、ＲＥＮの著作と判断されてしまう。

とはいえＲＥＮの場合、あまりにも大量の作品を次々に、短期間で模倣しすぎた。問題が表面化したのはそのせいだった。イラストレーターによるトレース疑惑に似た騒動ともいえる。

李奈は三尾谷にきいた。「ストーリーやアイディアのパクりは、誰の目にもあきらかなレベルですか？」

「もちろんです。百人が読めば百人とも模倣ととらえるでしょう。問題はコピーのフィルターです。ＲＥＮの極端に素人くさい文章が、著作権法の適用力を弱めてしまうのです。彼は小説作法に疎く、文学にも精通していません。有名になって金持ちになれればそれでいい、そんな類《たぐ》いの人間でしょう」

「それで三尾谷さんは、なにか行動を起こされましたか？」

「グライト出版に内容証明郵便を送ったところ、先方の弁護士から返事が届きました。三冊ともＲＥＮのオリジナルだと主張してます。私の本が先に刊行されたのはあきらかなのに」

ＲＥＮは現在、二十人以上の小説家に訴えられている。裁判はこれからだときく。

世間に非難の声がひろまるにつれ、RENの本は以前のように売れなくなってきた。それでもまだ書店から消えてはいない。グライト出版がいっさいの抗議に対し、無視をきめこんでいるのはあきらかだ。

三尾谷の声が切実にいった。「杉浦さんは以前にも、盗作騒動について、秀逸なノンフィクション本をお書きでした。私はどうすべきでしょう?」

「……まずは三尾谷さんとRENさんの小説を三冊ずつ、しっかり読みこむ必要があります。時間を作れるときに読もうと思いますが、そこから始めてもいいですか」

「もちろんです! 是非ともお願いします。杉浦さんだけが頼りです。ご返事おまちしています。それでは」

優佳に替わることなく通話が切れた。李奈は浮かない気分で優佳にスマホをかえした。

なぜか優佳は得意げだった。「直木賞作家からの相談だよ! 李奈の人脈がどんどん拡大してるよね」

「小説家専用の相談窓口とでも思っているだけでしょ……。こんなの困る」

「報酬を要求すりゃいいのに。三尾谷さんにそう伝えとく? さっきの稲掛さんにも……」

「やめてよ」李奈は苦笑した。過去に文学賞を受賞していたとしても、小説家の台所事情は厳しい。同業者として金銭を要求するのは気が引ける。

電子音が短く響いた。隣の部屋のパソコン、メールの着信音だった。

李奈はSNSに〝仕事ください〟の一文とともに、メアドを堂々と載せている。なのに業者のダイレクトメールすらめったに届かない。そんな仕事専用のメアドにめずらしく受信があった。

ひとり書斎兼寝室に戻ると、パソコンのマウスを滑らせた。受信メール一覧の最上段に、〝件名なし〟の新着メールがあった。差出人のメアドにも見おぼえがない。クリックして開いてみた。

杉浦李奈様

佐田千重子《さだちえこ》と申します。

小説家にして謎解きの才能に恵まれているらしいので、メールを差しあげました。

当方「シンデレラ」の原典が知りたく存じます。

一週間以内に回答がなければ、杉浦さんの身内もしくは親しい人が、故・鍬谷芳雄《くわたによしお》と同じ運命をたどります。

このメールを他人に見せてはなりません。いっさいの口外を禁じます。

佐田千重子

李奈は凍りついた。半ば放心状態で画面を見つめる。

いたずらか。そうにきまっている。また厄介なものが転がりこんできた。報道で名前がでた結果、同業者が頼ってくるばかりでなく、悪ふざけの標的にされてしまった。ネット書店の売り上げは変わらないのに、迷惑メールだけが届くとは、なんともついていない。

佐田千重子とは、川端康成《かわばたやすなり》『古都』の主人公の名だ。捨て子だったが呉服問屋に拾われ、二十歳の美しい女性に成長した。そこだけとらえれば、シンデレラに似た生い立ちに思えなくもない。差出人は夢見がちな文学ファンあたりだろうか。年齢はわりと高めかもしれない。

書棚に目が向いた。メールのなかで名指しされていた鍬谷芳雄の著書がある。『ラテン文学の読み解き方』と『ギリシャ神話は誰のために』、『太宰と芥川にみる西洋古典文学の影響』。いずれも専門書になる。有名とはいいがたいが、堅実な研究で知られる人物だった。最近亡くなったことが、西洋文学ファンのあいだで取り沙汰《ざた》されていた。

　氏名をコピーし、検索窓にペーストする。クリックすると検索結果一覧が表示された。トップはニュース記事だった。日付は先月の十七日。

西洋古典文学研究の准教授、遭難で死亡

　昨年夏、千葉県市原《いちはら》市のマリンハーバーを出航したプレジャーボートが転覆し、乗員が死亡する事故が発生していたことがあきらかになった。亡くなったのは鍬谷芳雄さん（享年59＝智葉《ちよう》大学文学部准教授）。葬儀は近親者のみで済ませた。

　鍬谷さんは、西洋古典文学研究の専門家として学界に知られ、近く『シンデレラ物語』の原典に関し、新たな見解を発表する予定だった。


　あらためて記事を読むうち、鳥肌が立つのを実感した。

　李奈は震える手でマウスを操作した。より詳細な記述を探し求める。けれども一般に広く知られた人物ではないせいか、同種の小さな記事をいくつか目にするに止《とど》まった。故・鍬谷氏の生前の画像も掲載されている。だいぶ若いころの写真らしい。これといって特徴のない、強いていえば地方公務員風の、真面目そうな印象の男性だった。

キッチンのほうから優佳が呼びかけた。「李奈。豚肉炒《いた》めを味見してくんない？」

「ちょっとまってて」李奈はいった。

悪ふざけはスルーすべきだ。そう思いながらも、返信したい衝動に逆らえなくなる。悪質ないたずらにすぎなければ、すぐに馬脚を露《あら》わすはずだ。

李奈はメールの返信を打った。

佐田千重子様
趣旨がわかりかねます。なぜわたしにそんなことをお尋ねになるのですか。脅迫文とも解釈できますが、真剣に受けとるべきかどうか疑問です。
杉浦李奈

送信ボタンを押す。メールは先方に送られた。ふと後悔の念がよぎる。大人げない行為だったのではないか。いたずらを働いた人物を喜ばせるだけではないのか。

ところがすぐに電子音が鳴り響いた。驚いたことに、ただちに返信メールが届いた。

杉浦李奈様

いままで多くの専門家をあたったのですが、正解にはほど遠かったのです。特に故・鍬谷准教授は完全に期待外れでした。『シンデレラ』の原典を突きとめたと各方面に吹聴しておられましたが、本人に問い質《ただ》したところ、じつは当て推量ばかりの、論拠に乏しい仮説にすぎませんでした。このため万死に値すると判断したしだいです。

スポーツ紙の記事を拝読しました。杉浦李奈さんなら、きっと真相にたどり着くのではと期待しております。

″34 40 139 40″とメモに書き、市原署をお訪ねください。

次回以降の連絡先は追って通知いたします。

佐田千重子

耳もとで優佳の声がたずねた。「なに見てんの？」

思わず息を呑《の》んだ。李奈はあわててメールを閉じた。「な、なんでもない」

「ふうん。彼氏でもできた？」

「まさか……」

「だよね。本が友達で恋人の李奈には、浮いた噂ひとつなし。お兄さんも安心」

キッチンから航輝がきいてきた。「なにかいったか」

「べつに」優佳が李奈の肩を軽く叩《たた》いた。「味付けの段階だからさ。協力してよ」

「すぐ行くから……」

優佳が立ち去っていく。李奈はまたパソコンに向き直った。ふたたびメールを開く。さっきと同じ文面があった。すばやく返信文を打ちこんだ。

佐田千重子様
これらの数字はなんですか。

杉浦李奈

送信してすぐ妙な音が鳴った。受信メール一覧の最上段、件名には〝メール送信エラー通知〟と表示されている。

宛先メールアドレス不明。佐田千重子なる人物はメアド自体を削除したらしい。次回以降の連絡先は追って通知する、さっきのメールにそう書いてあった。もうこちらからメッセージは送れない。先方からの連絡をまつしかない。

キッチンに目を向けた。優佳が航輝とともに、嬉々《きき》として調理に興じている。ふたりに迷惑はかけられない。口外するなと釘《くぎ》を刺された。周囲に危害が及ぶことも示唆されている。誰にも相談できない。これがいたずらであるなら、そう裏付ける必要がある。

ひとりで抱えこむしかないのか。胃が痛くなる。けれどもほかに方法はなかった。警察が守りきれない場所で、殺人すら厭《いと》わない人々がいることを、汐先島で学んだのだから……。

3

翌朝は曇り空だった。李奈は市原署へ行くため、アパートから外にでた。

すると路上になぜか優佳がいた。一緒にいるのは二十代半ばの痩《や》せた青年だった。顔見知りの小説家だとわかる。曽埜田璋《そのだあきら》。会うのは汰柱桃蔵の騒動以来だった。

ふたりがこちらに向き直った。優佳が笑顔になった。「李奈。ごめん。きのうのきょうで」

李奈はきいた。「なにかあったの？」

「じつは曽埜田さんがね……」

曽埜田が眉間《みけん》に皺《しわ》を寄せ、一冊のハードカバーを差しだしてきた。「杉浦さん。最悪なんだよ。これを見てくれないか」

一冊は曽埜田璋著『緋衣草』。もう一冊はREN著『HAPPY〜ルミの生涯〜』だった。

どちらのカバーにもあらすじが載っている。まず曽埜田璋著『緋衣草』のほう。秀汰《しゅうた》が高校生のころ、兄が自殺した。その兄には麻里《まり》という恋人がいた。喪に服するうちに少しずつ秀汰と麻里の距離は縮まり、大学入学とともに結ばれる。しかし麻里は秀汰のなかに兄の面影を見てとり、いたたまれない思いに包まれていた……。

次いで『HAPPY〜ルミの生涯〜』。京泉《けいせん》高校二年C組、納戸《なんど》ユウスケは授業中、従兄《いとこ》タカシの訃報《ふほう》を告げられる。数年後、タカシの婚約者で女子大生のルミと、ユウスケは新宿《しんじゅく》で再会した。互いに惹《ひ》かれあったものの、ルミの精神状態は不安定になっていき、妊娠を機に薬物依存の身体になる……。

李奈はつぶやいた。「あらすじを読むかぎり、RENさんの本は『ノルウェイの森』にも似てるようだけど……」

曽埜田が首を横に振った。「まちがいなく僕の『緋衣草』なんだよ。『緋衣草』で兄の恋人は、秀汰への恋心にみずから戸惑い、アルコール依存症に陥ってしまう。RENって奴は、細部をいちいち似た要素に置き換えてるだけだ」

「でも文章そのものは盗まれてないから、著作権侵害にはならない……」

「弁護士によってはそんな意見もある。でもこのところのREN騒動をみれば、実情はあきらかだよ。両方読めばわかる。オリジナルを書いた僕には、もう一目瞭然《いちもくりょうぜん》だった。これは盗作だ」

「ショックだったでしょうね……」

「ああ。RENは有名どころでない作家の秀作を標的にするだろ。そのなかに選ばれるなんてね。僕はまだまだ売れっ子にはほど遠い」

優佳があきれた顔を曽埜田に向けた。「そこ？　ショックを受けたって、なんかずれてない？」

「冗談だよ。この感覚は被害に遭わなきゃわからない。喩《たと》えるなら子供を誘拐されて好き勝手にされた、そんな気分だ」

李奈は曽埜田を見つめた。「出版社の法務部は動いてくれないんですか？」

「僕しだいだといわれた。パクりはあきらかでも、ストーリーの類似点を著作権違反として訴えるとなると、慎重にならざるをえないってさ。でも昨今の風潮があるし、ほかの作家たちもREN裁判を控えてるから、そこに加わるなら自分の意思でどうぞって」

出版社は及び腰か。理由はわからないでもない。アイディアの一致が著作権侵害になるなら、大半の小説が槍玉《やりだま》にあがってしまう。訴訟合戦で大混乱となるかもしれない。

きのう相談してきた三尾谷翔季の本すら、李奈はまだ検証していなかった。事実はたしかめてみるまでわからない。それでも世間の声から察するに、RENのやり方は度を超しているのだろう。

李奈は『HAPPY〜ルミの生涯〜』のカバー袖《そで》を見た。「RENって人、何者なんですか。著者略歴には作品一覧しか載ってませんね」

「裁判になるんだから匿名じゃ通せないよ。本名は竹藪邑生一《たけやぶおういち》、愛知県の出身だとか。そのうちもっと詳しいことがあきらかになると思う」

「わたしとしては、この二冊を読みくらべて、訴訟の支援になるものが見つかれば……」

曽埜田がうなずいた。「それをお願いしたいんだよ。こざかしく文面を変えてるRENに、落ち度がないか探してほしい。パクりの証拠が見つかれば願ったりだ」

優佳が曽埜田に目を向けた。「お礼は？」

「え？　ありがとう、とか……」

「そうじゃなくてさ」

李奈は苦笑した。「いいから。タダで曽埜田さんの小説を読めるだけで幸せ。きょうはでかけますけど、移動中にも読みますから」

曽埜田は拝むように両手を合わせた。「心から感謝する。頼むよ。力を貸してほしい」

優佳が微笑とともにいった。「じゃ、わたしも執筆があるし、きょうはこれで帰るね」

「あ」李奈は呼びとめた。「優佳……」

「なに？」

「変わったことは起きてない？　不審者に尾《つ》けられてるとか」

「いきなりなに？　全然そんなおぼえないよ。またね、李奈。お兄さんにもよろしく」

それだけいうと優佳は曽埜田をうながし、ふたりで遠ざかっていった。曽埜田は何度も振りかえり、切実そうな顔で両手を合わせた。

戸惑いばかりが尾を引く。RENの騒動より、佐田千重子を名乗る脅迫メールのほうが、いまは気になって仕方ない。優佳の身が心配だった。

李奈は阿佐ヶ谷《あさがや》駅に向かった。総武《そうぶ》線で千葉の市川駅まで行き、内房《うちぼう》線直通の快速に乗り換え、八幡宿《やわたじゅく》駅に着いた。『緋衣草』と『HAPPY～ルミの生涯～』を読みくらべながらの小旅行だった。気づけばもう昼近くになっている。

駅前のロータリーは閑散としていたが、規模はわりと大きかった。点在する施設も新しい。新興住宅地が近く、開発も進んでいるようだ。ここからはタクシーに乗るしかない。取材でもないのに痛い出費だった。

タクシーでワンメーター、湾岸《わんがん》道路に面した四階建て、市原警察署に着いた。受付で故・鍬谷氏の死亡事故についてたずね、数字を書いたメモを渡す。佐田千重子からの脅迫メールのことは、おくびにもださなかった。

応対した女性警察官は妙な顔をし、少々お待ちください、そういって席を外した。

待合椅子に座ること十分少々、制服ではなくスーツ姿の男性三人が、せわしない足どりで歩み寄ってきた。李奈はなぜか小会議室に通された。

三人はそれぞれ自己紹介した。年配の角刈りが瀬田《せた》。三十代ぐらいで首の太い梅沢《うめざわ》。二十代後半で痩せ型の浅賀《あさが》。いずれも刑事にちがいなかった。年配の瀬田が向かいに座り、ほかのふたりは壁ぎわに立った。

瀬田がメモを差しだした。「これらの数字はなんですか」

「あのう」李奈は瀬田を見つめた。「鍬谷さんの事故に関係あるんですか」

「メモを持ってきたのはあなたでしょう」

「はい。……ここに持ってくれば関連性がわかるときいたので」

「誰から？」

「わかりません……」

「どういうことですか」

「それがわからないから来たんです。鍬谷さんとは知り合いでもないですし、数字にもおぼえがないんですが、こちらに問い合わせるようにいわれて」

刑事たちが不審げな顔を見合わせる。瀬田が梅沢に顎《あご》をしゃくった。話せと指示したように思える。

梅沢は立ったまま告げてきた。「北緯34度40分、東経139度40分。鍬谷さんの乗るプレジャーボートが、初めて自動送信してきた救難信号、そのGPS座標です」

李奈は驚いた。「事故が起きた場所だったんですか」

「ええ。ふつう東京湾内をクルージングするだけのはずが、ずいぶん遠くまで流されていましてね。最終的には相模《さがみ》湾から太平洋への出口付近で見つかりました」

浅賀が険しい顔で付け加えた。「事故でない可能性もありまして。慎重に捜査を進めているところです」

不穏な空気が漂う。李奈は怖々ときいた。「どういう意味ですか？　事件かもしれないってことですか」

瀬田が片手をあげ、浅賀の発言を制した。「ええと、杉浦さんとおっしゃいましたね。部外者に詳細は明かせません」

「明かせる範囲内でいいんですが……」

「鍬谷さんが海で亡くなった。これは法的にもしっかり裏付けられた事実です。それ以外のことはなにもいえません」

梅沢が前かがみになり、李奈の顔をのぞきこんできた。「さっき杉浦李奈さんのお名前で、ネットを検索してみたら、小説家さんだという記事がでてきましたが」

「はい……。そうです」

「岩崎翔吾さんの事件を取材なさったとか。それもあなたですか」

「わたしです。あのう、警視庁の捜査一課……山崎《やまざき》さんと佐々木《ささき》さんという刑事さんとも、知り合いになりまして」

怪しい者ではない、きいてもらえればわかるという意味でいったのだが、目の前の三人は眉《まゆ》をひそめた。どうやら逆効果だったようだ。

瀬田がいった。「よその話はわからないね。うちはうちだから。今回も取材かなにかで？」

「……はい。ええと、ただ事実を確認したくて」

「どっかの取材先から、このメモにある座標を入手したんですか。提供者は何者ですか」

「そこは重要なんでしょうか」

「捜査関係者にしか明かされていない情報なんでね。マスコミでさえ知りえません。事件もしくは事故の関係者なら別ですが」

「事故とはいいきれないんですか？」

瀬田は唸《うな》った。立っているふたりの刑事に対し、瀬田が目でうながした。

浅賀が李奈に告げてきた。「船底の脆《もろ》い部分に穴が開き、浸水し沈没に至りました。その穴がやや不自然だそうです。浅瀬で岩にこすりつけたというより、あらかじめ工具を用い、人の手で切りこみがいれられたとも考えられると」

背筋に冷たいものが走る。李奈はきいた。「事実なんですか」

「まだなんともいえない。捜査中です」

瀬田が見つめてきた。「こちらは事情を明かしたのだから、あなたも話してください。この座標は誰が？」

「……匿名の情報提供なんです」

「匿名？　電話でもかかってきたんですか」

「メールです」

「そのメールを拝見できますか」

「いえ……」李奈は嘘をついた。「もう削除してしまいまして」

しらけたような空気が漂う。李奈は肩身の狭い思いでうつむいた。容疑者になったような気分だった。

瀬田が大仰にため息をついた。「ぶっちゃけていいますとね、去年の夏のことでもあるし、マスコミがかなり遅れて報じただけで、捜査本部が立ち上げられてるわけでもなくてね。座標はまあ、救難信号を受信すれば誰でも知ってるわけで、あなたの取材に誰かが応《こた》えようとしただけかも」

にわかに問題を収束させる態度をとりだした。李奈は曖昧《あいまい》に返事した。「はあ……」

「事故でなく事件というのは、鑑識から可能性を示唆されただけなんですが、そこに鍬谷さんのお母様が食いついてきてね。しっかり調べてくれというんです。だからなにかご存じかと思いまして」

　さっきは捜査関係者以外、座標を知る者はいないとの口ぶりだったが、半ばブラフで揺さぶりをかけたかったのかもしれない。刑事たちはあきらかに態度を軟化させていた。むしろそっけなさを漂わせつつある。フリーランスの記者崩れが、どこかで情報をききかじっただけだろう、そう解釈したようでもあった。

　李奈はきいた。「鍬谷さんのお母様がご存命なのですか」

「ええ。九十五、六歳だったかな。矍鑠《かくしゃく》としてらっしゃるものの、やや認知症ぎみのようでね。ひところはさかんに電話をかけてきて、息子は殺されたにちがいないとおっしゃる」

「それはいったいなぜ……？」

「鍬谷さんが『シンデレラ』の原典とやらを突きとめたせいで、命を狙われてるとか……。正直なところ意味はよくわからない。根拠がある話には思えませんがね」瀬田が腰を浮かせた。「いや。あなたがこのメモを持ってこられたので、鍬谷さんのお母様に、なにか報告できるのではと思っただけです。どうもお手数をおかけしました」

　急に送りだそうとし始める。李奈は戸惑いがちに立ちあがり、三人に頭をさげる。みな黙って会釈した。退室せねばならない空気に包まれる。

部屋をでながらぼんやりと思った。警察小説の名手、桐越昴良《きりごえたから》が以前にいっていた。捜査本部がなければ予算も下りないと。

その考え方に基づけば、刑事たちの態度もあるていど腑《ふ》に落ちる。なにか情報が得られるならばと、捜査担当者としていろめき立ったものの、突き詰めるほどでもないと感じたらしい。

関心をしめしてほしかった。強引にでも佐田千重子の脅迫メールについて、李奈からききだしてもらいたかった。杉浦さんのご家族やご友人の安全を守り、脅迫犯を炙《あぶ》りだします。そんなふうに確約してくれたなら、どれだけ安心できるだろう。あいにくこちらからはいいだせない。

建物をでたとき、スマホの着信音が鳴った。画面には過保護な兄、航輝の名が表示されている。李奈は応答した。「はい」

「李奈か？」航輝の声が耳に届いた。「昼食に弁当を買ってきてアパートに寄ったんだが、どこにでかけてる？」

思わず苦笑が漏れる。李奈はいった。「取材で千葉のほうに来てるの。もちろん自費」

「なんだ。前もって知らせてくれればよかったのに」

「わたしもう二十三だし……。お兄ちゃんも営業の仕事があるでしょ？」

「外まわりのついでだよ。取材ってことは、これからもしばらくつづくのか？」

「まあね。阿佐谷からでかけたり、また帰ったり」

「そっか。那覇優佳さんも新作の執筆に入るとかで、当分はみんなばらばらだな」

「またすぐ集まれるから。それじゃ」

「ああ。帰りも気をつけてな」

通話を切った。李奈は警察署を振りかえった。二階の踊り場の窓に、瀬田刑事の姿がうっすら浮かんでいる。こちらを見下ろしていた。目が合うと瀬田は背を向け、奥に引っこんでいった。

気になるなら、もっと積極的に動いてくれればいいのに。李奈は不満とともに歩きだした。小雨がぱらついてきている。歩が自然に速まった。

そのときスマホがまた短く鳴った。今度はメールの着信音だった。画面を軽くタップした。メールの文面が表示される。

杉浦李奈様
市原署が頼りにならないこと、ご理解いただけたでしょうか。今後はもう警察への相談は、いっさい許可できません。お兄様の安全が心配であるなら、是非ともお答えください。『シンデレラ』の原典はなんですか。

期限はあと六日になります。

佐田千重子

李奈はあわてて辺りを見まわした。傘をさした婦人が通りかかる。ほかにも通行人はちらほらいた。誰もこちらを注視していない。警察署の窓にも、もう刑事の姿は見あたらなかった。

震える手で返信ボタンをタップする。一字も書いていない返信メールを送信した。だがすぐに異音が鳴った。メール送信エラー通知。

身体が冷えきっていくのを感じる。李奈はたまらず走りだした。急ぎタクシーをつかまえねばならない。ここにいても時間を浪費するだけだ。

李奈に兄がいることは公言していない。なのに佐田千重子は知っていた。何者だろう。なんの目的で『シンデレラ』の原典を知りたがっているのか。

4

鍬谷芳雄の著書のうち『ギリシャ神話は誰のために』は、いちおう知り合いのいる新潮社の刊行だった。編集部に問い合わせた結果、故・鍬谷氏の母親の住所が判明した。

世田谷《せたがや》区成城《せいじょう》の小ぶりな日本家屋だった。事前に新潮社経由で、取材の名目で訪問する旨を伝えたおかげで、李奈は温かく迎えられた。

鍬谷果奈江《かなえ》は、たしかに高齢だと一見してわかるものの、九十六歳とはとても思えない女性だった。痩《や》せた身体をハイミセス用のドレスに包み、背筋もまっすぐに伸びている。発声は明瞭《めいりょう》、耳も遠くない。

和室の仏間で、李奈は仏壇に手を合わせた。遺影があった。歳を重ねた故・鍬谷氏は、母親とよく似ている。誠実そうな面持ちに、いっさいの派手さを好まない、質素な暮らしぶりがうかがえる。西洋古典文学研究者としても、鍬谷芳雄の筆致は実直で、謹厳そのものだった。

果奈江が感慨深そうにささやいた。「芳雄の寝顔は安らかでね。お医者さんも驚いていたの。海を漂っていて、こんなに綺麗《きれい》な顔はめずらしいって」

母がわが子の遺体をまのあたりにした。どれだけ大きな衝撃を受けたのだろう。李奈は正座したまま果奈江に向き直り、深く頭をさげた。「ご愁傷さまでした……」

「わざわざ芳雄のことでおいでいただいて」果奈江がおじぎをかえした。「芳雄も喜んでると思います。このあいだもほかに、記者のかたがおいでになって」

「へえ。どちらの記者のかたですか」

「ええと……。名刺をもらったはずだけど、どこへ行ったかしら。お若い男性のかたで、警察署からの報告書もご覧になられてね」

「報告書ですか？」

「これですよ」果奈江は棚の引き出しを開けた。とりだされたのは数枚の書類だった。

李奈は書類を受けとった。海上保安庁の資料のコピーらしい。海図が載っている。海難事故の発生現場に×印がつけられ、緯度と経度が記載してあった。市原署できいたとおりの座標だった。妙なことに文面の多くが黒く塗りつぶされている。

不穏なものを感じながら、李奈は果奈江にきいた。「芳雄さんは、ご結婚のほうは……？」

「生涯独身でしたのよ。わたしの介護のためといって、ずっと同居してくれましてね。

わたしはひとりでだいじょうぶといってたんですけど」

「すると芳雄さんもこちらにお住まいだったんですか」

「ええ。芳雄の書斎はそのままにしてあります。ご覧になりますか」

「ぜひ……」

果奈江が立ちあがった。動作におっくうさを感じさせない。李奈は恐縮しながら後につづいた。果奈江にいざなわれ廊下にでる。

李奈はいった。「立派なお家ですね」

「芳雄が外国の文学にばかり傾倒してたでしょ？ 大学の同僚のかたがおいでになると、きまって驚かれるんです。西洋のかけらもない家に育って、どうやってあんな研究に没頭できたのかって」

障子が開けられた。なかは八畳ほどの和室だが、カーペットが敷いてあり、机と椅子が据えられている。本棚には洋書が並んでいた。ホメーロスとキケローのフランス語版はわかったが、ほかは背表紙を見ても、なんの本だかわからない。

訳本もある。そちらは古典にかぎらなかった。勁草書房の『パース著作集』や、岩波書店のアイザイア・バーリン選集。プレミアものの古書が多く目につく。

机の上にもブックエンドがあった。そこに連なるのは書籍でなく、厚紙表紙のファイルばかりで、背表紙に手書きのシールが貼りつけてある。研究別に分類してあるらしい。カフカ、ホフマン、チェーホフ、モーパッサン、トルストイ、カミュ、シェークスピア。作家名のなかに異質な表題が埋もれていた。シンデレラ。

どうしても手を伸ばしたくなる。李奈はたずねた。「拝見してもよろしいでしょうか」

「ええ、どうぞ」果奈江がうなずいた。「英美里《えみり》さんが手にとるのに、わざわざわたしの許可なんか必要ないでしょう」

「英美里さん?」

果奈江の表情は曇ったものの、さほど悪びれたようすもなくいった。「あら。ちがったかしら。どなた?」

困惑とともに李奈は応じた。「杉浦李奈です。小説家で、鍬谷芳雄さんのご著書を、以前から拝読しており……」

「ああ、そうでしたわね。芳雄とは知り合い?」

「いえ。取材の一環でおうかがいすると、新潮社のかたからお伝えいただいたかと」

「思いだした。ごめんなさい、ちょっと忘れっぽくて。お茶をおだししましょうか」

さっきいただいた。李奈は果奈江を引き留めた。「どうかおかまいなく」

市原署の瀬田刑事が認知症を疑っていた。どうやらそれは事実のようだ。けれども長期記憶についてははっきりしているらしい。発言を信用ならないとするのは早合点に思える。

　シンデレラと題されたファイルを開いた。几帳面《きちょうめん》な字のレポート用紙が綴《と》じてある。

童話『シンデレラ』、英題はCinderella、フランス語はCendrillon《サンドリヨン》。

　ディズニーのシンデレラとは、じつは複数の原作の寄せ集めだった。シンデレラの元になった文芸作品や、さらにその原典たる伝承は、世界じゅうにたくさんある。

　文学としての作品はシャルル・ペロー著『Cendrillon ou La petite pantoufle de verre』、グリム兄弟著『Aschenputtel《アシエンプテル》』、ジャンバッティスタ・バジーレ著『Cenerentola《チエネレントラ》』。これらのいずれも原典ではなく、もとは伝承として、人々に語り継がれてきた物語とされる。

　題名および主人公の名の語源は、それぞれ英語のcinder、フランス語のcendre、ドイツ語のAsche、イタリア語のcenere。どれも灰や燃えかすを意味する。和訳された『シンデレラ』も、当初はこれらに倣い『灰かぶり姫』と題されていた。

　鍬谷の文章は読みやすく、第三者にも理解しやすいようにまとめられていた。報道によれば、鍬谷は近いうち『シンデレラ』の原典について、新たな見解を発表する予定だったという。一方で〝佐田千重子〟のメールは、鍬谷の研究が取るに足らないものと主張していた。事実はどちらなのか。

李奈はおずおずといった。「あのう。これをお借りできないでしょうか」

すると果奈江の顔から笑みが消えた。「かまいませんけど、楓川恭輔《かえでがわきょうすけ》さんには見せないと、ここで誓ってもらえますか」

「はい……?」

「念書も書いてください。楓川恭輔には見せないと」

「その楓川さんとはどなたですか」

「またとぼけて。英美里さんならご存じでしょう?」

「すみません。わたしは英美里さんという人ではなくて、杉浦李奈です」

果奈江はまた戸惑いのいろを浮かべた。「……そうでしたわね。英美里さんに雰囲気が似てらっしゃるけど、そうよね。芳雄の若いころだから、もう三十年は経ってるだろうし、英美里さんも五十代よね」

「芳雄さんのむかしのお知り合いですか」

「恋人だったの。たしか婚約もしたはず。とてもいい子でね。芳雄と結ばれてほしかったけど、お互い忙しかったから、なんとなく疎遠になって。別れたあとも何度からちに遊びにきてたんだけど、だんだん姿を見せなくなって」

「残念でしたね」

「あなたを見てると、英美里さんが帰ってきたように思えてね」

「楓川さんという人は……？」

いったん和みだしていた果奈江の顔が、ふいに険しくなった。「芳雄を殺したのは楓川恭輔でしょ」

一気に不穏な空気が充満しだした。李奈はたずねた。「どういうことでしょうか」

「あの人、芳雄に嫉妬《しっと》してたから」

「なぜですか」

「なぜって、同じ大学に勤めてるじゃないの。芳雄のほうが先に認められて准教授になったし、もうすぐ教授にもなろうとしてたでしょ。研究で差をつけられそうになったから、焦りが生じて、芳雄のボートを沈めたの。船底に穴が開くよう細工しておいて」

息子が海で命を落とした記憶は、克明に想起できるようだ。しかし事故でなく事件だという根拠はどこにあるのだろう。李奈は問いかけた。「細工があったというのはたしかですか」

「芳雄は楓川を航海に誘ったことがあるの。ボートをふだんどこに係留してるか、知ってる人は少ないのよ。しかも楓川は、あの日の直前に芳雄と会って、また航海にでたいといってきてね。芳雄はボートが修理中だと断った」

「修理中？　ボートは壊れてたんですか」

「エンジンかなにかの不調だったそうよ。でも修理のため陸に上げられててね。楓川が船底に穴を開けにいったにきまってる。あのろくでなし。芳雄の出世を妬《ねた》ましいと思ってたのね」

察するに楓川恭輔というのは、生前の鍬谷芳雄と同じ、智葉大学文学部准教授の役職にあるのだろう。それだけわかれば調べようもある。

李奈は努めて愛想よくいった。「楓川さんには見せないと誓います。念書は喜んで書かせていただきます」

「あら、いいのよ」果奈江は柔和な表情になった。「英美里さんなら念書なんて」

当惑をおぼえ、李奈は言葉に詰まった。果奈江も自分のまちがいに、今度はうっすら気づきだしたらしく、困り果てたような顔で見かえした。

「あのう、ごめんなさい」果奈江が申しわけなさそうにたずねてきた。「どちら様だったかしら？」

5

ネットで検索した結果、楓川恭輔はやはり智葉大学文学部の准教授だと判明した。電話をいれたところ、午後の授業からゼミ開始までのあいだに、多少の時間は作れるとの話だった。

小田急《おだきゅう》線で新宿にでてから、都営新宿線本八幡《もとやわた》行の各駅停車に乗った。智葉大学に近い大島《おおじま》駅まで二十五分かかる。余裕で座れたこともあり、読書の時間を得られた。

きょうはRENがらみの本をいっさい持ってきていない。RENの盗作騒動より、まず佐田千重子の脅迫メールについて、早急に解決したかった。佐田千重子を名乗る人物は『シンデレラ』の原典を知りたがっている。それゆえ鍬谷芳雄准教授を殺害したとも主張している。李奈は鍬谷のファイルを読み始めた。

『シンデレラ』は世界じゅうの書物に登場した。各地で言い伝えを通じ、作家が物語として書き起こすに至ったと考えられる。

主人公のエラは、英語でいうcinderすなわち灰かぶりのエラ、Cinderella《シンデレラ》とからかわれていた。エラに辛《つら》く当たるのは継母《ままはは》とその娘たち。

城で舞踏会が開かれ、姉たちは着飾ってでかけるが、シンデレラにはドレスさえない。そこで超常現象的な力がシンデレラを助け、舞踏会に行けるようになる。援助するのは魔法使いやネズミのほか、仙女や鳩、木など、物語によってさまざまである。しかしいずれの場合も、なんらかのきっかけにより、元に戻ってしまうという条件がつく。多くはそのきっかけとして、午前零時という時刻が設定されている。舞踏会で王子がシンデレラにひと目惚《めぼ》れするが、零時の鐘の音が鳴る。シンデレラはあわてて帰ろうとし、片方の靴を落としてしまう。

シンデレラを忘れられない王子は、靴を手がかりに捜索を開始。王子と結ばれたい女性たちは、みな靴を履く試験に挑むが、どの足も合わない。シンデレラの姉たちも失格に終わる。たったひとりシンデレラの足だけが靴に合い、王子により妃《きさき》として迎えられる。

問題は、原典といえる物語がどこで成立したかだ。このストーリー自体を多くの作家が発表している。

グリム著『灰かぶり姫《アシェンプテル》』では、ヒロインを助けるのは白い鳩だけだ。ドレスのほか、ひと晩目は銀の靴、ふた晩目は金の靴を持ってくる。すなわち舞踏会は二夜連続でおこなわれる。

継母の娘ふたりは、靴に合う足にするため、それぞれ爪先《つまさき》と踵《かかと》をみずから切り落とす。しかしストッキングに血が滲《にじ》み、失格を申し渡される。王子とヒロインの結婚式の日、姉たちは媚《こ》びへつらおうとするが、鳩にくちばしで目を潰《つぶ》される。

なんて悲惨。李奈は顔をしかめざるをえなかった。

それより前に書かれたペローの『Cendrillon《サンドリヨン》』は、やはり舞踏会がふた晩おこなわれ、グリムもヒントにしたと考えられる。ここでは魔法を使える仙女が登場、カボチャを馬車に、ネズミを馬や御者に変える。ガラスの靴の設定も生まれた。

グリムやペロー以前に、バジーレが書いた『灰かぶり猫《チェネレントラ》』では、もっとドロドロした物語が展開する。シンデレラにあたるゼゾーラは、裁縫の家庭教師の女性と仲がよかった。この女性教師に唆《そそのか》され、ゼゾーラはなんと継母を殺害してしまう。妻を亡くした大公は、女性教師と結婚する。すべては女性教師の策略だった。新たな継母となった女性教師は、六人の実娘をもうけると、ゼゾーラを除《の》け者にする。

大公が旅にでる前、娘たちはお土産をねだるが、ゼゾーラだけは鳩がくれる物でいいという。すると旅先で大公の前に精霊《せいれい》の鳩が現れ、ナツメヤシの木の苗を落としていく。ゼゾーラはその苗を植え、たいせつに育てる。

やがて魔法の木が育ち、ゼゾーラの願いに応《こた》えてくれる。着飾ったゼゾーラは祭事で国王からひと目惚れされる。国王の従者らがゼゾーラを追いかけるが、ゼゾーラは木靴を落としてしまう。

のちに国じゅうすべての若い女性に、木靴を履かせた結果、ゼゾーラが発見され王妃となる。継母の実娘たちがくやしがり、国王の悪口を吐き捨てるところで物語が終わる。

ヒロインが冒頭で殺人を犯しながら、お咎《とが》めなしというのが気になる。一方で継母やその実娘らも、特に懲罰を受けない。この物語が発表された十七世紀の南イタリアでは、これがふつうだったのだろうか。

作家の性格やお国柄が内容に反映されると同時に、先行して著わされた物語の影響を受けているようだ。原典となると、いったいどこまで遡《さかのぼ》るのだろうか。文献で知りうる範囲内に、原典が存在するかどうかも怪しい。

いま自分はなにをしているのかと、ふと疑問に駆られる。警察に被害届を提出するべきではないのか。だが佐田千重子の要求に背くことで、兄や優佳を危険に晒《さら》したくはない。

車内アナウンスがきこえてきた。次は大島、大島です。もう二十五分経ってしまった。つづきはあとで読むしかない。李奈は席を立った。

地下鉄構内から地上へと上る。新大橋《しんおおはし》通りと丸八《まるはち》通りの交叉《こうさ》点付近にでた。小ぶりなビルがひしめきあい、商看板が雑然と散見される。

歩道を智葉大学方面に歩きだす。スマホが鳴った。画面には〝KADOKAWA菊池〟とあった。李奈は応答した。「はい」

「杉浦さん」菊池の声は物憂げな響きを帯びていた。「厄介な知らせだ」

「今度はなんですか」

「RENっているだろ。最近騒ぎになってる作家だ」

「……それがなにか？」

「二か月前にでたREN著『サイレント・ラブ』が、きみの『トウモロコシの粒は偶数』にそっくりだ」

ふいにめまいが襲った。電柱のわきに立ちどまる。李奈はささやいた。「ほんとですか……？」

「いまここに『サイレント・ラブ』って本がある。ネット上で盗作が噂になってたから取り寄せた。プロットもオチもまったく同じ。謎解きの肝もトウモロコシの粒だ。こんな本がでてたとはな。RENの評判が下がってるといっても、十万部も売ってやがる。きみの本は……」

「三千部。完売せず重版もなし」李奈は果てしなく落ちこみながらいった。「元の本があまりに知られてなさすぎて、二か月間も模倣が発覚しなかったんですね」

「RENはそういう本のなかから、傑作をめざとく見つけて、手っ取り早くパクる。ある意味、きみの小説の出来が評価されたってことだ」

「全然嬉《うれ》しくありません」

「だろうな。ストーリーは同一でも文章はまったくちがう。意図的に変えたのはたしかだが、RENの文才のなさのせいで、いっそう異物に仕上がってる」

「著作権侵害には問えないってことですか」

「いや。うちでだしてるほかの作家もやられてるし、法務部が訴訟準備を進めてる。ストーリーのみとしても、こんなに多くの作品が一致するのはおかしい、そこを争点にするつもりだ。きみはどうする？　乗るか？」

「……RENさんの本を読んでから判断します」

「わかった。ひとまず用件はそれだけだよ」

「編集会議……」

「ああ。編集会議の結論は持ち越しになった。また連絡するから」

通話が切れた。李奈はしばし立ち尽くした。思考が鈍り、なにも考えられずにいる、そう自覚した。

トラブルをふたつも抱えることになった。RENの問題はもう他人《ひと》ごとではない。だが佐田千重子の脅迫は無視できなかった。自著の盗作被害について追及するより、まずは優佳や兄の安全が優先される。『シンデレラ』の原典を調べあげないうちに、ほかに手はつけられない。

歩いていくうち、都内のわりには広いキャンパスに行き着いた。緑豊かな敷地内にそびえるビルが数棟。男女の大学生らが、ゲートをさかんに出入りする。

李奈はゲートの警備員に用件を伝えた。図書棟に行くよう指示され、案内のとおりに足を運んだ。立派な鉄筋コンクリート造の建物に入る。受付で楓川准教授の居場所をきき、さらに行く先々で職員にもたずねた。

書架でRENの本を探したくなるが、寄り道をしている暇はない。より上階にある研究者用の個室へと向かった。エレベーターで昇り、くだんのドアをノックする。

男性の声がきこえた。「どうぞ」

ドアを開け、李奈は一礼した。六人掛けのテーブルに、中年男性のスーツ姿が、ひとりだけ座っている。男性はハードカバーをテーブルに置き、眼鏡を外した。

白髪交じりの頭に太い眉《まゆ》、たくましい下顎《したあご》の精悍《せいかん》な顔が、こちらに向けられた。ラグビーやサッカーの往年の選手、いまはチームを率いる監督という印象だった。勝手な思いこみだが、文学部の准教授という肩書きから予想した人物像とは、かなりかけ離れている。鍬谷芳雄の遺影を目にしたからかもしれない。

「ああ」男性は腰を浮かせることもなく、さばさばした態度できいた。「杉浦李奈さん？　楓川です。どうぞおかけください」

「失礼します」李奈は着席した。「突然押しかけてしまい、本当に申しわけありません」

「あまり時間もないんだがね。鍬谷君の件だったかな？」楓川は名刺を差しだしてきた。

「そうです」李奈は名刺を交換した。受けとった名刺には、楓川の携帯電話の番号も記載されていた。おじぎをしながら李奈はいった。「お話をおうかがいできればと」

「岩崎翔吾に関する本みたいなのを、また出版するつもりかね？」

「いえ。まだきまってはいないんですが……」

「ニュース性しだいってことか」楓川は神妙な表情になった。「鍬谷君は同僚でね。しかも大学生のころからの知り合いだ。同じ大学の同じ学部、准教授という境遇も同じ。西洋古典文学が専門でね」

「失礼ですが、仲がよかったんですか」

「親友といってもいいぐらいだった。彼は海が好きで、自前のプレジャーボートをローンで購入してね。おととしの夏にはクルージングに招待してくれたよ」楓川の表情が曇りがちになった。「去年はあんなことになって残念だった」

沈黙の時間が必要になった。李奈はしばし視線を落としたのち、恐縮ぎみに切りだした。「鍬谷さんは『シンデレラ』の原典について、新たな見解を発表する予定だったそうですが」

「ああ」楓川はくつろいだ姿勢に転じた。「あれは、そうだな。ちょっと眉唾《まゆつば》ものでね」

「……なぜですか？」

「原典と証明しうる著作を見つけだしたと、教授会を相手に大見得を切ってしまい、引くに引けなくなった。僕にはそう思えたね」

「事実じゃないとおっしゃるんですか。でもなぜ鍬谷さんはそんなことを……」

「『シンデレラ』の原典を特定できれば、論文は世界じゅうから注目されるだろうし、教授への昇進も確実に果たされる」

「昇進のための嘘だったんですか」

「それは言葉が悪すぎる。せいぜい法螺話《ほらばなし》というべきかな。僕らのような年齢になると、准教授に留《とど》まってるのはみっともなく思えてね。早く昇進したくなるんだよ。ただ西洋古典文学という専門分野においては、なかなか機会がめぐってこない。すでに教授も多すぎて、上がつっかえていてね」

「教授になると、どんなちがいがあるんですか」

「単純に年収が上がり、地位も向上する。それぐらいかな。僕はあまりこだわりがないけど、彼はどうしてもなりたいと思ってたようだ」

「お金に困ってたんでしょうか？」

「そうじゃないな。鍬谷君は母親とふたり暮らしだったろ？　プレジャーボートのローンは残ってたが、たいして負担にはなってなかったと思う。でも彼はいまだ婚活に励んでたからな」

「婚活……ですか？」

楓川は苦笑した。「中高年は中高年なりに夢見ることもあるんだよ。高望みはせず、お相手にも歳相応を望んでた。未婚の講師や准教授も少なくなくてね。そういうお見合いの紹介もある」

「准教授より教授のほうが、お相手が見つかりやすいということでしょうか」

「彼はそう思ったんだろう。とっくに家庭を持って久しい僕には、よくわからないが」

多少鼻にかけるような物言いに思える。李奈は楓川を見つめた。「だからといって、実際に確証を得てもいない『シンデレラ』の原典について、近いうち発表するなんて豪語するでしょうか」

すると楓川は手もとのハードカバーの表紙を見せた。古い洋書だった。「この本を知ってるかな」

〝Segundo tomo del ingenioso hidalgo Don Quixote de la Mancha〟とある。李奈はいった。「ドン・キホーテ……。でもセルバンテスではなくて、ほかの作者が無断で書いた、偽の続編ですよね」

「よく知ってる。セルバンテスの『ドン・キホーテ』の前編は、一六〇五年の刊行だ。とても評判になったが、後編の刊行は十年後。この本はその前に、まんまと便乗するかたちで売りだされた」

「セルバンテス自身の後編にも言及がありますよね。その本とは無関係であると、作中で何度も主張してます」

「そう。しかも物語の設定まで、重複を避けるため変更を余儀なくされた。旅の行き先がサラゴサからバルセロナになった。この本は鍬谷君の愛読書でね。彼はオリジナルの『ドン・キホーテ』以上に読みこんでいた」

「偽の後編をですか？」

「文学研究の一環だったのかもしれないが、こうして目を通してみても、まがい物にしか思えないがね。主人公のドン・キホーテといえば、騎士道物語の読みすぎで、現実と理想の区別がつかなくなってしまった人物だ。残念ながら鍬谷君には、そういうところがあったといわざるをえない」

「では『シンデレラ』の原典を発見すれば、教授に昇進できるとの思いが募ったあまり……？」

楓川が気の毒そうな顔でうなずいた。「あるいは嘘からでた実《まこと》のように、公言しておいて自分を追い詰め、かならず実現させるという励みにしたのかもな。彼が『シンデレラ』の原典を求め、さまざまな文献をあたっていたのは事実だ」

「原典と証明できる物語はないんでしょうか」

「仮説はある。僕はストラボーンが遺《のこ》した記録が最古だと考えてる」

「ストラボーン？」李奈は妙に思った。「ギリシャの地理学者で哲学者の……」

「そうだよ。そのストラボーンだ」

「紀元前一世紀の人ですよね」

「ああ。内容はこうだ。エジプトの富豪の屋敷に、美しい白人の女奴隷が住んでいた」

「トラキア人の遊女《ロドピス》ですか?」

「知ってるじゃないか」

「それはイソップの『薔薇色の靴の乙女』じゃないでしょうか? 『シンデレラ』のバリエーションのひとつの」

「そっちは後年付け加えられた可能性が高い。たしかなのはストラボーンの記録なんだよ。肌のいろのちがいから、ほかの奴隷や召使いたちは、このロドピスをいじめた。屋敷の主人は、ロドピスの秀逸な踊りを目にし、薔薇《ばら》の飾りがついたサンダルを贈る。嫉妬《しっと》したほかの奴隷や召使いが、ロドピスをいっそう迫害しだした」

「あー。イソップとはちがいますね。あっちの召使いたちは、ロドピスをいじめたりしませんでしたし」

「こっちじゃ性悪ばかりだ。土《フノラオ》による祝祭の日、召使いらはロドピスに多くの仕事を命じ、彼女がでかけられないようにしてしまう。ロドピスは悲しみに暮れながらも、川で洗濯に従事する。サンダルが濡《ぬ》れてしまったので、川辺に置いて乾かしていると、ハヤブサが口にくわえて飛び去った。ここもちがうだろう？」

「ハヤブサ……。イソップでは鷲《わし》でしたよね」

「きみは読書家のうえ、記憶もいいな。ハヤブサは遠い都にいる王のもとに、サンダルを落としていった。王はハヤブサを神の使いと考え、サンダルの持ち主こそ運命の妃《きさき》と宣言した。王は国じゅうをめぐり、ロドピスの仕える屋敷にもやってきた。サンダルはロドピスの足にぴったりと合った」

「イソップ版では、もう片方の靴もでてきて、動かぬ証拠になりますけど」

「ストラボーン版もそうだ。ロドピスこそ運命の妃と証明された。宣言どおり王はロドピスと結ばれた。めでたしめでたし」

あらすじは『シンデレラ』にそっくりだった。李奈はいった。「紀元前一世紀に、そんな物語が存在したなんて」

「ヘロドトスは知ってるだろう？　彼が『歴史』と題した記録文書を編纂《へんさん》したのは、紀元前五世紀のことだ。『歴史』には、このロドピスの物語に言及したとおぼしき箇所がある」

さらに四百年も遡《さかのぼ》ってしまった。李奈はつぶやいた。「ならグリム版にでてくる鳩というのは……」

「ハヤブサから発想されたと考えられるな。グリムの前にペローが書いた、仙女やカボチャの馬車の話より、原形に近かったわけだ。二夜連続の舞踏会という設定は、ペローからいただいてるが」

李奈は思わず唸《うな》った。「紀元前五世紀となると、ヘロドトスの『歴史』が最古の文献でしょうか」

「いや。『歴史』の言及は曖昧《あいまい》でね。ロドピスについて綴《つづ》ってはいるが、『シンデレラ』に似た物語を具体的に紹介してはいない。だから多方面に影響をあたえたのは、紀元前一世紀のストラボーンだと思う」

「ストラボーンの記録を『シンデレラ』の原典と証明する方法はありますか」

楓川は首を横に振った。「あくまでひとつの仮説でしかないよ。今後新たな発見がないともかぎらない。紀元前三千年のエジプトの石板に彫られてることもありうる。仮説にはなりうるが、学術的に原典と証明するのは難しい」

「ですよね……」

「なぜそんなことをききたがる？　鍬谷君の発言は法螺《ほら》話だといったろ？」

佐田千重子から要求されている。だが楓川が佐田千重子でないともかぎらない。文学以外のことを尋ねるときがきた。李奈は楓川にきいた。「去年の夏、鍬谷さんのプレジャーボートを見ましたか」

楓川が腕時計に目をやった。「すまないが、そろそろ時間だ。彼のクルージングに誘われたのは、おととしだといったはずだが」

「クルージング以外でプレジャーボートに近づきませんでしたか。しばらく修理にだされていたようですが」

「ああ、そうか」楓川が醒《さ》めた態度をとりだした。「警察と同じ質問か」

「警察が来たんですか」

「来たよ。鍬谷君のお母上が、なぜか僕を目の敵《かたき》にするので、市原署の刑事たちも仕方なく出向いてきた。プレジャーボートが修理にだされた場所や期間も、そのときききかされた。興味あるかね？」

「あ……。はい」

楓川はスマホをとりだし、画面をタップした。「たしかメモしておいたな。これだ。去年の六月十五日から二十九日。場所は市原マリンハーバー。鍬谷君がボートを係留してたのと同じ場所だな。船体を陸に上げて、その場で修理する業者がいるらしくてね。業者の名は株式会社ジョゼフ・コンラッド」

李奈はあわてて手帳にペンを走らせた。「六月十五日から二十九日、市原マリンハーバー、株式会社ジョゼフ・コンラッド……」

楓川がにやりとした。「〝遊覧帆船ネリー号は、帆を動かすこともなく潮の流れに揺れながら、錨《いかり》を下ろしていた〟」

「〝上げ潮になり、風はほとんど凪《なぎ》だったから、河を下るならこのまま潮の変わりめを待つしかなかった〟」李奈は思わず微笑した。「ジョゼフ・コンラッド著『闇の奥』の一節です。近代文芸社刊の岩清水由美子《いわしみずゆみこ》訳」

「よく知ってるな」

「村上春樹《むらかみはるき》の『1Q84』や『羊をめぐる冒険』が影響を受けてるときいて、原本を読もうと思いまして」

「映画『地獄の黙示録』にも影響をあたえてる。陰気な作品だよ。コンラッドの小説にはたしかに船がでてくるが、どれも暗い。『ナーシサス号の黒人』もそうだ。ボート修理業者も、そのあたりのことがわかってて、社名にしたのかどうか」

「修理にだすのに縁起がいい社名とはいえませんね……」

「まったくだ。鍬谷君も当然コンラッドを知ってただろうに」楓川はスマホをしまうと、せわしなく立ちあがった。「会えてよかったよ。きみさえよければまた文学談義したい。今度は変な猜疑《さいぎ》心《しん》を持たずに来てくれるのを望むが」

李奈は恐縮しながら腰を浮かせた。「大変失礼をしました。お時間を割いていただき、本当にありがとうございます」

「ジョゼフ・コンラッドをあたってみればいい」楓川はネクタイを締め直した。「警察はもう納得してるよ。僕が去年一年を通じ、市原どころか千葉県にも赴いていないことを」

6

部屋に籠《こ》もって小説を書きたい。それが本業のはずだ。なのにこのところ、一日すら実現できていない。

コンビニのシフトをこなした翌朝、李奈は総武線快速君津《きみつ》行に揺られていた。座れたのだけは幸いだった。シャポー市川一階のブックファーストで買った、REN著『サイレント・ラブ』を読み始める。

自著をパクったという本を、わざわざ定価で買うとは腹立たしい。それでもほかに、さっさと入手する方法が見つからなかった。

読み進めるうち李奈は暗澹《あんたん》たる気持ちになった。曽埜田璋や三尾谷翔季の憤りが、ようやく自分のこととして実感できた。

傍らに原本を置いて執筆したにちがいない、三尾谷はそう推測していた。たしかにそれ以外には考えられない。原本の著者だからこそわかる。RENは『トウモロコシの粒は偶数』を参照しつつ、拙《つたな》い青春小説風にアレンジしていた。よけいなラブストーリーが随所に加えてあるが、これも誰かほかの作家からの無断借用に思える。

乗り物酔いでもないのに気分が悪くなった。李奈は本を閉じ、窓の外に目を向けた。田舎の景色が陽射しを浴びては、また曇りがちな灰いろに沈む。明暗の落差のなかを、電車は疾走していった。

小説の執筆経験があれば、こんなふうに内容が偶然一致することなど、まずありえないと確信できる。自著ならなおさらだ。けれども法曹関係者はそうではない。ものごとを杓子定規《しゃくしじょうぎ》にしかとらえられないだろう。文章表現が異なっているがゆえ、著作権侵害にあたらず、おそらくそんな結論に至る。

他人の作品から手っ取り早くストーリーを拾い、半月に一冊のペースで新刊を量産、常識外れの宣伝費をかけベストセラーにする。売れ行きが芳しくなければそれで終わりだが、RENとグライト出版の目論《もくろ》みはうまくいった。読書通がどんなに批判しようと、情報に疎い大衆を購買層につかめば、商売として成功してしまう。

これが出版ビジネスの勝者か。こつこつと努力してきた小説家たちは、狡猾《こうかつ》な商売人の餌食《えじき》になるだけか。ただ食い物にされるのみ。なんとも腹立たしい。

もう本を読む気になれない。李奈はひたすら窓の外を眺めた。新旧の家屋が連なる向こうに、東京湾が見え隠れしていた。

やがて八幡宿駅に到着した。駅構内から抜けだすと、やたら空が広かった。高い建築物がほとんどないせいだろう。人もクルマも往来の少ない、素朴な市街地を歩いていく。

埠頭《ふとう》があった。行く手に内海が見えてきた。微風に乗って磯のかおりが漂ってくる。

無数のクルーザーが係留してある。平日のせいだろう、岸壁や桟橋にひとけはない。貨物の揚積用の荷役機械も稼働せず、辺りはひっそりと静まりかえっていた。打ちつける波の音だけが、かすかに耳に届く。係留中の船体もわずかに上下していた。

李奈はスマホの地図にしたがって歩いた。やがて金槌《かなづち》の音がきこえてきた。埠頭の一角、コンクリートの広場で、小ぶりなクルーザーが陸に上げてある。つなぎ姿の中年男性が修理作業をおこなっていた。近くのプレハブ小屋に看板が掲げられている。株式会社ジョゼフ・コンラッド。

「あのう」李奈は声をかけた。

中年男性が手を休め、こちらに目を向けた。胸のネームプレートに橋田《はしだ》と書いてある。橋田なる男がきいた。「なんですか」

「杉浦李奈といいます。きのう電話したんですけど」

「ああ」橋田が無表情に応じた。「社長がいってたな。鍬谷芳雄さんの件で話をききたいって？　顧客情報は明かせないよ」

「そこをなんとか……。取材という目的はお伝えしたんですが」

「どうせまた、さも疑惑ありみたいな論調で記事を書く気だろ？　社長もうんざりだってさ」

「疑惑というと……？」

橋田は鼻を鳴らし、船体に向き直ると、作業を続行した。「前にも警察が事情をききにきたよ。犯人あつかいにはむかついた」

「でも疑いは晴れたんですよね？」

「当然だろ。こっちは船の引き渡し直前の写真を見せてやった。船底はきれいなもんで、穴の開く兆候すらなかった。でもまだ警察は疑心暗鬼でよ。この写真を撮ってから海に戻すまでのあいだに、どこかにぶつけなかったかとかほざいてくる。あいつら人を疑いすぎて脳が膿《う》んでやがる」

「工具で穴を開けた可能性もあるって、警察の人が……」

するとと別の男性の声が割りこんできた。「いや。修理業者に落ち度があるとは思っていないよ」

李奈は驚きとともに振りかえった。見覚えのあるスーツが立っていた。市原署で会った三人の刑事のうち、最も若い二十代後半の浅賀だった。

浅賀が橋田に目で挨拶《あいさつ》した。橋田はたったいま、警察の悪口を吐いたばかりのせいか、気まずそうに会釈をした。

「杉浦さん」浅賀が迷惑そうな顔を向けてきた。「ここの社長さんから相談があったんで、警察として出向いてきました。プレジャーボートに関する捜査は終わってるし、取材という名目で訪ねるのは、今後ご遠慮願えないかと」

「でも事故じゃなく事件の可能性があるんですよね？」

「たしかに鑑識の報告では、人の手で穴が開けられた可能性を排除できないとされています。なぜなら穴は船底の外側から開いたのでなく、船内から開けられた形跡があるからです」

「船内から？」

「ドリルのような物を船に持ちこみ、船底を貫通させたかもしれない。でもあくまで仮定にすぎません」

「確率としては何パーセントぐらいですか」

「五分五分だそうです。残る半分は内部腐食の可能性です。床と船底の表層は綺麗《きれい》だったものの、なかが脆《もろ》くなっていた。水圧ではなく、鍬谷さんがそこを踏んでしまい、穴が開いたと」

橋田が口をはさんだ。「鍬谷さんの依頼はエンジンの修理でしたよ。なんのことはない、キャブレターのゴミ詰まりでね。ほかの点検は頼まれてなかったんで、船底も写真を撮っただけです。うちに落ち度があったわけじゃ……」

「わかってる」浅賀が制した。「もう疑っちゃいないよ」

李奈は浅賀にきいた。「ドリルとか工具類が、船内に残っていませんでしたか」

浅賀が首を横に振った。「見つかっていません。なにしろ完全に転覆して、鍬谷さんの姿も消え失《う》せてたんです。工具なんか残ってるはずがない」

「……どういう意味ですか？　消え失せてた？」

「ええ。行方不明です」

「でも」李奈は動揺とともに浅賀を見つめた。「葬儀はおこなわれたんですよね？　お母様が、海から引き揚げられたとは思えないぐらい、安らかな寝顔だったって…

「……」

「鍬谷果奈江さんからきいた?」浅賀はやれやれという態度をしめした。「なら認知症にもお気づきでしょう。葬儀はありましたが遺体は未発見です。認定死亡だったので」

認定死亡。ミステリではお馴染《なじ》みの言葉だ。特に海難事故に適用が多い。遺体が見つからずとも、事故から三か月以上が経過し、生存の望みがないことが条件になる。海上保安庁が死亡を認定、市町村長への報告をもって、戸籍上の死亡が確定する。

どうりで去年の夏のできごとが、ごく最近になって報じられたわけだ。認定死亡であっても、火葬がないことを除けば、ふつうに葬儀がおこなわれるときく。果奈江は一部、記憶ちがいを起こしているのかもしれない。

李奈は疑問を口にした。「市原署ではどなたも、認定死亡だったとはおっしゃいませんでしたよね」

「瀬田がいったはずです」浅賀が淡々と告げてきた。「鍬谷さんの死は、法的にしっかり裏付けられた事実だと。あれが認定死亡という意味です。あなたがご存じないとは思わなかった。果奈江さんにも海上保安庁の報告書のコピーが渡されてるし」

「あの書類ですか……？　ひょっとして認定死亡に関する箇所を、黒く塗りつぶしましたか？」

「塗りつぶした？　まさか。そんなことはしませんよ」

「警察として言及を嫌ったとか、そういうことはないんでしょうか」

浅賀はいっそう苦い顔になった。「あなたは大人しそうに見えて、取材慣れしてますね。たしかに捜査関係者にしてみれば、認定死亡という制度は理不尽きわまりない。物理的に死が確認されていないのに、法律上押しきられてしまうんだからね」

「もっと詳しく調べたいとか、そういう欲求もおありですか」

「いや。プレジャーボートがここから出航したというだけで、遭難したのは百キロも離れた海上ですよ。調べようがありません。新たな情報がでれば別ですがね」

「つかぬことをおうかがいしますが、鍬谷さんは生命保険に加入を……？」

浅賀が苦笑に似た笑いを浮かべた。「小説家さんの勘ですか。母親の果奈江さんが受取人になってれば、我々がとっくに突きとめてますよ。あいにく彼は生命保険に入っていなかった」

仮に鍬谷が死を偽ったとしても、巨額の保険金を受け取れるなどのメリットはない。ひとまず死亡は事実と解釈するべきだろうか。

橋田が歩み寄ってきた。「でも鍬谷さんは変な客でしたよ。うちの社長に難癖をつけてきてね」

「ああ」浅賀が軽い口調で応じた。「その話なら社長さんからきいたよ」

李奈は浅賀にたずねた。「なんですか」

「こんな社名だと修理に信用が置けないとか……。由来は作家の名前かなにかだっけ？　鍬谷さんは文学部の准教授だったし、ひっかかるものがあったようで」

文学研究者にして船乗りの鍬谷にとって、ジョゼフ・コンラッドの名は、やはり不吉に思えたようだ。李奈は橋田を見つめた。「社長さんはなぜこの社名にしたんでしょうか」

「元船乗りの著名人をグーグルで検索して、よさそうな名前を選んだといってた。なにか問題あるのかい？」

「問題というか、コンラッドの書く海洋小説は、乗員が生還しない結末が多くて……」

浅賀がじれったそうに遮った。「杉浦さん。鍬谷さんの認定死亡については、海上保安庁に問い合わせればわかります。個人や業者に迷惑をかけるより、そっちを先にあたるのが筋でしょう」

もっともな理屈だった。李奈はささやいた。「そうですね。すみません……」

「このままっすぐお帰りください。無用なトラブルが起きないよう目を光らせるのも、警察の務めなので」

橋田は軽い口調できいた。「刑事さんが居残って、若い女の子を追いかえすのか？俺は逆のほうがいいかも」

浅賀が橋田を睨《にら》みつけた。橋田はそそくさと船体の向こうに逃げていった。

李奈は頭をさげた。「お邪魔して申しわけありませんでした。橋田さん、本当にありがとうございます。失礼します」

埠頭《ふとう》を歩きだした。浅賀の視線が背に当たっていると感じる。遠ざかるまで目を逸《そ》らさないつもりだろう。取材と主張したところで、各方面に歓迎されるわけではない。むしろ迷惑がられるばかりのような気がする。

歩きながらスマホの画面を確認した。鳴らないように設定してあったが、複数の着信記録があった。すべてKADOKAWAの菊池からだ。

李奈はリダイヤルしてみた。呼び出し音が数回、菊池の声が応じた。「もしもし」

「あ、菊池さん。杉浦ですが」

「さっきから電話してたんだよ。なぜでない？」

「取りこみ中だったので……。なにかあったんですか?」

「RENの件だよ」菊池の声は緊迫の響きを帯びていた。「異例の事態だ。きみにだけは直接会いたいと申しいれてきた」

7

いま李奈は三つの問題を抱えている。第一に佐田千重子による脅迫メール。これは『シンデレラ』の原典を調べあげることでしか、当面は対処できない。

第二に鍬谷芳雄の不審死に関する調査。海上保安庁や世田谷区役所をあたった結果、たしかに認定死亡の事実が確認できた。鍬谷の遺体は未発見だった。疑問の余地を残しながらも、事故の可能性のほうが大きいゆえ、認定死亡とされた。警察は積極的な捜査について、事実上打ち切っている。

だが李奈には気になることがあった。鍬谷は教授になりたい一心で、判明してもいない『シンデレラ』の原典について、なんらかの確証を得たと大見得を切ったのだろうか。楓川准教授はそう決めつけていた。報道によれば論文発表を間近に控えていたという。鍬谷は本当になにもつかんでいなかったのか。

第三にRENによる盗作騒動だった。当初は他人からの相談ごとにすぎなかったが、いまでは自分の問題になった。

緊急性からいえば第一の脅迫メールこそ、ほかのあらゆる問題に優先するだろう。誰にも頼れないだけに状況は深刻だ。許されるのなら徹夜で『シンデレラ』に関する文献のみを当たりたい。

とはいえ本業も疎《おろそ》かにできない。自分の作品が盗用されたのに、黙って見過ごすのは不可能だった。業界全体の問題でもある。

RENとの面会に指定された場所は、六本木《ろっぽんぎ》ヒルズ内のグランドハイアット東京。李奈はいつもどおり一張羅のドレスででかけた。豪華なロビー階は大理石の床張り、人体の頭部を模した巨大なオブジェが飾ってあった。異世界のような空間に、早くも怖《お》じ気づかざるをえない。

KADOKAWAの菊池のほか、優佳と曽埜田も来ていた。菊池と曽埜田はスーツ、優佳も洒落《しゃれ》たドレスに身を包んでいたが、RENに会えるのは李奈だけだという。

中肉中背、角刈り頭に口髭《くちひげ》を生やした四十代男性が、鋭い目つきを向けてきた。「グライト出版編集部の飯塚《いいづか》です。REN先生の担当編集者でもあります。きょうは杉浦李奈さんのみをお迎えする約束なので」

菊池が低姿勢にいった。「承知しておりますが、こうして担当の私や、RENさんと話したい小説家が来ておりますので……。せっかくですから、ひと目でもお会いするわけに参りませんか」

「残念ですがアポのない面会は、たとえ大手マスコミの取材申しこみでも、ご遠慮願っているぐらいですので」

出版社の規模なら、グライト出版にひけをとるはずがないものの、菊池はすごすごと引き下がった。グライト出版側は飯塚ひとりではなかった。ほかにも猪首《いくび》に肩幅の広いスーツの男性社員が、ずらりと顔を揃えている。総勢十人余り。菊池と曽埜田は完全に及び腰だった。

まるで反社の集まりのような男たちを見るうち、李奈のなかに不安が募りだした。優佳をここに残し、ひとり上階に向かうのは気が引ける。

李奈は優佳にささやいた。「もう新作にとりかかってるんでしょ？　外出しないでほしかった」

「なんでそんなことというの？　これは小説家みんなの問題じゃん」

「そうなんだけど……」

佐田千重子の脅迫が心配でならない。けれどもそのことを告げるわけにいかなかった。李奈が困惑を深めていると、優佳のほうが気遣わしげなまなざしを向けてきた。

「なに？」優佳が小声できいた。「不安なことがあるの？　なんでも話して」

「……いえ。なんでもないから」

李奈は言葉を濁すしかなかった。優佳がじっと見つめてくる。その顔を見かえすのが辛《つら》い。いつしか視線が落ちていた。

飯塚が声をかけてきた。「杉浦さん」

「はい」

「REN先生はお忙しいので、そろそろ上のほうに」

もう歩きださねばならない。李奈は去りぎわに優佳にいった。「ホテルの従業員の目に触れる場所にいて。ひとりで行動しないで」

返事をまたず、李奈はエレベーターホールへと向かいだした。幸いにもロビーを振りかえる暇もなく、エレベーターの扉が開いた。乗りこむや最上階、二十一階のボタンを押す。

上昇する箱のなかで李奈は思った。REN側は虚勢を張っている。いかにベストセラー作家といえど、毎日スイートルームに泊まっているとは考えにくい。わざわざ招くのは、威圧感をあたえるため以外のなにものでもない。ネットで見たかぎり、グライト出版の社屋は、文京区《ぶんきょう》のビルのワンフロアでしかなかった。それゆえ最高級ホテルの威光を借りようとしている。

二十一階に着いた。薄暗い廊下がつづく。観音開きのドアの前に立った。玄関のようなチャイムがある。李奈はボタンを押した。

ほどなくドアが開いた。出迎えたのは白髪頭に黒縁眼鏡、四角い顔のスーツだった。襟に弁護士バッジが光っている。六十近い男性は李奈を一瞥《いちべつ》するや、ドアを大きく開け放った。

「失礼します」李奈は頭をさげ、なかに歩を進めた。

やけに明るいのは、ガラス張りの壁面のせいだとわかった。鮮やかな陽射しが屋外のように射しこんでいる。わざとらしいぐらいの広さを誇る、白く輝く室内。ここ自体がロビーのようだ。いくつもの太い円柱が、吹き抜けの高さの天井を支える。ガラスの向こうは、なんとプールだった。屋上にリゾートのような景観がひろがる。これがプレジデンシャルスイートか。なにもかも常軌を逸している。

ガラスを背にしたデスクで、痩《や》せた青年が立ちあがった。いかにもそこに待機していたという印象が漂う。オーダーメイドにちがいないスーツを着ているが、案外小柄だった。テレビで観たときの押しだしの強さはなく、この部屋の巨大さに比し、まるで場ちがいに見える。

サングラスをかけていないせいかもしれない。裸眼のRENはわりとのっぺりとした顔で、しかも一重まぶただった。純和風の目鼻立ちのRENがおじぎをした。「どうも……」

李奈はあらためて頭をさげた。「初めまして。杉浦です」

「初めまして」RENは小声でぼそぼそと喋《しゃべ》った。「RENこと竹藪です」

本名をみずから明かした。意外だった。ミュージシャンのようにRENだけで通すかと思いきや、常識人っぽい素顔がのぞく。

どこか暗い表情のRENが、伏し目がちにきいた。「コーヒーでも飲みますか」

「いえ。少ししか時間がとれないときいています。話をさせてください」李奈は立ったままいった。「単刀直入におたずねします。『サイレント・ラブ』はわたしの本を参考にしましたか」

白髪頭の弁護士がRENに釘《くぎ》を刺した。「喋るな。私から答えよう」

「いいんです」RENが弁護士を制し、李奈を見つめてきた。「僕のオリジナルだと主張したら不満かな?」

「もちろんです。仮にオリジナルだとして、館《やかた》の意匠がトウモロコシばかりというアイディアのルーツは？　どこから発想しましたか」

弁護士がまた咎《とが》めるような声を発した。「REN君……」

「戸賀崎《とがさき》先生」RENが弁護士に目を向けた。「僕は自分の考えを伝えたくて、彼女と会ってる」

「しかし」戸賀崎と呼ばれた弁護士が、頑《かたく》なな態度をしめした。「私にはきみを守る義務がある」

「こっちに落ち度はないんだから、本音で話してもかまわないはずでしょう」

「生き馬の目を抜く出版界だ。揚げ足を取られかねないんだよ。いいかね。私は知的財産を専門にしてきたが、今回のようなケースは……」

李奈の持つハンドバッグが短く振動した。スマホのバイブ機能だった。RENと戸賀崎弁護士の議論はつづいている。李奈はハンドバッグを開け、スマホの画面を一瞥した。

ひやりと冷たいものに包まれた気がする。佐田千重子からのメールが着信していた。

杉浦李奈様
最初のメールを差しあげてから、早四日が経過しております。期限は残り三日です。

『シンデレラ』の起源をお答え願えますか。

　お兄様よりも、ご友人の那覇優佳様のほうが、先に犠牲になることもありえます。

　　　　　　　　　　　　　　　　　　　　　　　　　　　　　佐田千重子

　脈搏《みゃくはく》が速まり、せわしない鼓動が内耳に響いてくる。すぐにでも部屋を駆けだし、ロビーに戻りたい。そんな衝動に駆られる。

　いきなり優佳の名が挙がった。さっき優佳を気遣ったばかりだ。そういえば市原署の前でも、兄の航輝と電話で話した直後、佐田千重子からメールが届いた。その文中には兄への言及があった。

　近くで会話をきいていたのか。周りにいた誰かが佐田千重子なのか。

　戸賀崎弁護士が憤慨しながらガラス壁へと歩きだした。「面会は十分間の約束だ。けっして超過しないように」

　ガラス壁は一か所がドアになっていた。戸賀崎はプールサイドにでていった。後ろ手に透明なドアを閉じる。室内はいちおうふたりきりになった。

　RENがため息をつき、李奈に静かにきいた。「座らないか」

　とてもそんな気分ではない。李奈は首を横に振った。「いえ……」

「そっか」RENは澄まし顔のままだった。「さっきの話だけど、トウモロコシのお屋敷は、物語の結末から発想したんだよ。オチがトウモロコシの粒だから、主人公がそれを連想する機会が、舞台のなかにたくさん必要だって」

「群馬に行ったことは?」

「ないね。北関東は栃木をドライブしただけだ」

納得のいく答えではない。李奈にとってトウモロコシの館は、群馬県吾妻《あがつま》郡長野原《ながのはら》町《まち》にある〝道の駅〟が発想の原点だった。店内に飾ってあった、トウモロコシづくしの家の絵を眺めるうち、あのストーリーが浮かんだ。でなければピアノの鍵盤《けんばん》をトウモロコシの粒に見立てた、特殊なインテリアという描写には至らない。

けれどもこれすら、小説に関し素人の法曹関係者は、盗作の根拠にならないとするだろう。思考の過程が異なっていても、同じものを作りだすことはありうる、そんな判断を下しがちに思える。オリジナルを書いた小説家にしてみれば噴飯ものだった。

李奈はRENを見つめた。「あなたはいままですべての小説を、自分のアイディアで執筆してきたというんですか。盗作騒動は勘ちがいばかりだって?」

「正直に答えていいかな」

「もちろん」

「きみなら知ってると思うけど、物語というのは、六系統十七パターンしかない」

ありがちな言い逃れが始まった。李奈は顔をしかめてみせた。「トウモロコシの館を、トウモロコシのお屋敷と、わずかに言い方を換えただけ。そのうえで登場人物の男が女に、大人が子供に変換されてます。トウモロコシだけそのままなのは、粒が偶数というオチにつなげられる食物が、ほかになかったからでしょう」

「小説は無数にある。どこかの誰かの作品には似る。僕の場合はたまたま注目されてるし、変なこじつけで非難されてるから、いちいちなにかに似てると槍玉《やりだま》にあがる」

「六系統十七パターンより、ずっと細かいところで一致してるんですけど」

RENが真顔になった。ガラス壁に目を向ける。李奈もその視線を追った。戸賀崎弁護士がプールサイドをぶらついている。

またRENは李奈に視線を戻し、つぶやくような声でいった。「僕はあくまで、自分の書いた小説の著作権が、まちがいなく自分にあると主張する。でもその一方で、もし批判の声にも正しいところがあるとしたら……」

「なんですか」

「ここだけの話にしてくれないか」

「話の内容によります」

「それじゃ困る。他言しないと誓ってほしい」

「……わかりました。誓います」

「僕は嵌《は》められてる。あらすじを考えてるのは飯塚さんだからだ」

李奈は黙ってRENを見つめた。RENも無言で李奈を見かえした。

「飯塚さんって」李奈はささやいた。「担当編集者の?」

「そう。いま下のロビーにいるはずだ」

「ええ、さっき会いました。あの人があらすじを提供してるんですか?」

「すべてのアイディアの源だよ」

「あらすじをまとめた文書かなにか、捨てずにお持ちですか」

「いや。いつも口頭でストーリーを伝えてくるから」

RENの真剣なまなざしに、李奈の心はぐらついた。事実なのではないか。けれども鵜呑《うの》みにはできない、そう思い直した。

言葉で説明されたあらすじを、RENの手で長編に膨らませたにしては、細部まで原本に似すぎている。やはり『サイレント・ラブ』は『トウモロコシの粒は偶数』を参照し、いちいち表現を変えながら写しとった、そうとしか思えない。

李奈は首を横に振った。「納得できません。共通点が多すぎます」

「あらすじが同じなら、細部を煮詰めていくとき、似通った思考の道筋をたどるのも避けられないんじゃないか？」

「小説家の想像力の幅が、そんなに狭いとお思いですか」

「肉付けが共通してしまうことはありうるね。骨格により体形があるていどきまってしまうように」

「『源氏物語』のあらすじを言葉で説明して、みんな紫式部《むらさきしきぶ》と同じ話を書くでしょうか」

「時代がちがう。現代人が現代小説を書くなら、おおまかな連想法も共通してる。ほぼ同じ環境に暮らし、互いに影響を受けあってるからね。流行にも染まりやすい。巷《ちまた》でよく耳にする音楽だとか、言葉だとか、噂話だとか……」

「シンデレラの伝承みたいに？」

RENはきょとんとした反応をしめした。「シンデレラ？」

「……いえ」李奈の視線は自然に落ちた。空振りの感覚があった。

盗作騒動から李奈の目を逸《そ》らさんがため、あんなメールを寄越《よこ》した可能性もゼロではない。そう思っていたものの、あらゆる懸念をRENに当てはめすぎかもしれない。

RENと弁護士の議論中にメールが届いた。このふたりは容疑者から外れる。

それでも階下にいる担当編集者、飯塚への疑念は晴れない。たしかに飯塚は、自己紹介により優佳の名を知った。李奈と優佳の会話も耳にした可能性がある。

どうすればRENの人となりを探れるだろう。読書家の李奈にとって、誰かの内面を知るすべは、やはり好みの本だった。李奈はRENにきいた。「ふだんどんな小説をお読みですか」

「デュマの『モンテ・クリスト伯』を図書館で借りてきたよ。パール・バックの『大地』も」

「へえ。大長編ばかり……」

「枕にして寝た。分厚いから手ごろでね」RENが醒《さ》めた顔でいった。「勉強になるって飯塚さんが勧めてきたけど、内容が頭に入ってこない。やっぱり僕はせいぜいイラストいりのラノベにしか興味を持てない」

「……それであんなにたくさんの本を書けますか?」

「読むと書くとは別だよ。たまたまうまくいっただけだと思う」

読書家を装ったりせず、気どらない態度をしめしてくる。本当にすなおな性格なのか、あるいは知識を試されたら困るがゆえ、先んじて明かしたのか。

李奈はまたRENを見つめた。「わたしを名指しで招いてくださったんですよね。

なぜですか」

「きみは前に盗作騒動のノンフィクションを書いてるだろ？　公正な立場で僕を見てほしい」

「すでに疑いの目を持っているので難しいかと」

「疑わしいと感じることこそ公正、そう信じるのなら、そのスタンスを貫いてくれてかまわない。僕は飯塚さんに提供されたあらすじをもとに、小説を書いてるだけだよ」

「それ以前は小説投稿サイトで話題になっておられましたよね？　そのころの作品も盗作が疑われてますけど」

「当時からもう飯塚さんの後押しがあったんだ。グライト出版で小説家デビューする前段階として、投稿サイトで評判になっておこうって」

「最初からあらすじの提供を受けてたんですか？」李奈はきいた。

「一作目からじゃないな。最初に書いた『精霊養成学校の入学願書』は『小説家になろう』に投稿して、ブックマーク二〇、評価人数三十一ていどに終わった。でも飯塚さんが声をかけてくれたんだよ」

「どんなふうに……？」

「文章力があるから、こちらで用意したあらすじどおりに書いてみないかって。ノーギャラで請け負ったけど、あとはトントン拍子だった」

『精霊養成学校の入学願書』という作品は初耳だった。RENの盗作騒動でも題名が挙がっていない。それは本当にRENのオリジナルだったと考えられる。

李奈はRENに問いかけた。「経歴はいっさい秘密ですか?」

「じきに裁判になるから、そんなわけにはいかないよ。専門学校をでて、名古屋《なごや》の弁当屋チェーンに就職した。そこを辞めてしまって、五年前は無職。小説投稿サイトに挑戦しだして、その後はこんな感じかな」

「過去をインタビューで明かしたことはないですよね?」

「飯塚さんから禁止されてたからね」RENがさらりといった。

目の前にたたずむのは、RENというより竹藪邑生一、その名こそしっくりくる青年だった。なんとも素朴な編集者の操り人形。これが世間を騒がせるRENの素顔なのだろうか。

ガラス戸が開き、戸賀崎弁護士が戻ってきた。「そろそろ時間だ」

RENは黙ってうつむいた。もう発言を控えるような素振りをしめしている。

李奈のなかに戸惑いがあった。さっきのRENの言葉を信じるのなら、彼は飯塚に対する告発を、李奈の手に委《ゆだ》ねようとしているのかもしれない。諸悪の根源は担当編集者、そう信じていいのだろうか。裏をとる必要がある。なにより『サイレント・ラブ』一作だけをとらえても、あらすじの提供を受けただけとは、とても信じられない。

「先生」李奈は戸賀崎弁護士にきいた。「RENさんが無実だと、本気で思ってらっしゃいますか」

当然だと胸を張るかと思いきや、戸賀崎は慎重な面持ちになった。「小説家のきみは、自分にしか考えられないアイディアだとわかっているだろうが、裁判所はそうではない」

胸騒ぎがした。李奈は戸賀崎を見つめた。「どういう意味ですか」

「ワン・レイニーナイト・イン・トーキョー事件を知ってるかな」

「いえ……」

「昭和三十八年作、鈴木《すずき》道明《どうめい》作詞作曲の『ワン・レイニーナイト・イン・トーキョー』が、ハリー・ウォーレン作曲の『夢破れし並木道』の盗作でないかと争われた。旋律が似通っているというのが、訴訟を提起した側の論拠だった」

「……結果はどうなったんですか？」

「一審、控訴審、最高裁と、すべて訴えは退けられた。判決文には〝偶然類似のものが現れる可能性が少なくない″との一節がある。この裁判により、偶然の一致は著作権侵害にあたらない、そんな判例ができあがった」

弁護士が勝算をあきらかにした。RENの盗作疑惑の真偽については回答を避けた。それが弁護士というものかもしれない。

李奈の不信感はいっそう強まった。「勝てる見込みがあるからには、事実はどうあってもかまわないとお考えですか」

「議論がやや子供じみているよ。判決が下ればそれが事実だ」

「偶然の一致の範囲に収まらないと思うんですけど」

「どうかな。きみは私より小説に詳しいはずだ。しかし私もきみより裁判に詳しくてね」

見下ろすような冷やかな視線が突き刺さってくる。李奈のなかに反感が募った。この弁護士は小説の盗作自体、どうでもいいことだと思っている。

戸賀崎はRENに目を向けた。「もう話は済んだのかな？」

「……ええ」RENはうつむいたまま応じた。

「結構」戸賀崎弁護士が李奈に向き直った。「なんの話だったかは知らないが、彼の望みは果たされたようだ。ではこれで」

李奈はRENを見つめた。RENの顔はあがらなかった。追い立てるような弁護士の険しいまなざしだけがある。

少なくともRENの伝えたがっていたことは理解できた。編集者の飯塚も疑惑の対象になった。またも怪しい人物が増えた。

「失礼します」李奈はおじぎをした。RENが見かえさないのを確認したのち、ドアへと向かった。

後ろ髪を引かれる思いとともに、李奈はほの暗い廊下にでた。エレベーターのボタンを押す。開いた扉のなかにひとり乗りこんだ。

下降するエレベーターのなかで、また不安が頭をもたげてくる。優佳のことが心配でたまらない。一刻も早くロビーに着きたくなる。

残り三日。きょうは金曜日だ。具体的には土曜と日曜をはさみ、月曜が最終日になる。

エレベーターの扉が開くや、李奈はフロアに駆けだした。エレベーターホールからロビーに戻る。一行は変わらず同じ場所に寄り集まっていた。いや、李奈がここを離れる前よりも、グライト出版の社員らが距離を詰めている。優佳はいかつい顔のスーツに取り囲まれていた。飯塚としきりに話しこんでいる。

李奈は小走りに駆け寄った。「優佳」

優佳がこちらを見た。「あ、李奈。もう終わったの？　どんな話を……」

「来て」李奈は優佳の腕をつかみ、一行から引き離した。そのままふたりでエントランスへと駆けだす。

「ちょっと」優佳があわてたようにきいた。「なに？　どこへ行くの？」

「いいから。あの人たちの近くにいちゃいけない」

曽埜田の声が追いかけてきた。「帰るなら僕も一緒に……」

焦燥が募った。李奈は怒鳴った。「あなたとは親しくもなんともない。わたしに関わらないで！」

茫然《ぼうぜん》とする反応を背後に感じる。優佳も信じられないというまなざしを向けてきた。「李奈……。いったいどうしたの？」

足はとめられない。李奈は手を放さなかった。優佳を連れたまま、エントランスから車寄せにでた。歩道沿いを走っていき、商業施設方面への連絡通路に駆けこんだ。装飾のない白壁に囲まれた、無機的な通路がつづく。途中で優佳が手を振りほどいた。

優佳は怒ったようにいった。「李奈。いまのはなに？　曽埜田さんにあんな言い方ってある？」

「……わかってよ」李奈は胸を締めつけられる思いだった。「これには事情があるの」

「事情ってなに？　説明して」

「いえない。だけど優佳のためなの。曽埜田さんのためでもあるし……」

「どういうことよ」優佳がじっと見つめてきた。けれども李奈が発言をためらっていると、優佳は苛立《いらだ》ちをのぞかせた。「どうしてなにも話してくれないの？　友達だと思ってたのに」

なおも李奈はひとことも喋《しゃべ》れずにいた。そのうち優佳の顔に憤りのいろが浮かんだ。優佳は無言で立ち去りだした。

李奈は両手で顔を覆った。涙を堪《こら》えようとしても溢《あふ》れてくる。声を押し殺して泣いた。

すると靴音が戻ってきた。温かい感触が包みこむ。優佳が抱きついたのがわかった。

「話してよ」優佳が静かにささやきかけた。「どんなことがあったって受けいれる。わたしは李奈を信じてるから」

8

六本木けやき坂《ざか》通りに架かる陸橋の上、タイル張りの広場に、午後の陽射しが降り注ぐ。李奈は優佳とともに、ベンチに並んで座っていた。

スマホは優佳の手に渡っている。優佳は指先で画面をスクロールさせた。表示された佐田千重子からの脅迫メールを、しっかりと読みこむ。

優佳がため息をついた。「こういうことだったの……」

「ごめんね」李奈は心からささやいた。「優佳を怖がらせたくなかった」

「汐先島にくらべればまだ平気だよ。逃げ隠れできる場所もあるし、いざとなれば警察署に駆けこめるし。だけどこれ……」

「なに？」

「シンデレラって」優佳は考える素振りをしめしたが、やがて首を横に振った。「あのことと関係あるのかな。でも佐田千重子ってのは記憶にないか」

「川端康成の『古都』の主人公……」

「いえ、それはわかってるんだけど、むかしシンデレラにまつわるドタバタがあったでしょ。だけど匿名報道だったし、佐田千重子と名乗ったかどうかはわからない」

「誰が？」

「わりと歳を重ねたおばあさんが、KADOKAWAの社屋に怒鳴りこんできた。そういう騒動を知らない？　シンデレラに熱をあげてるご婦人で、『角川アニメ絵本シンデレラ』の内容にクレームがあったとかで」

「知らない……」

「わたしが高二のころだから、もう六年ぐらい前のニュースかな。検索してもでてこないかも。ほんのちょっとした騒ぎにすぎなかったし、テレビの報道もおちゃらけた感じで」

「その人が佐田千重子を名乗って、メールを送ってきた可能性があるって？」

「そこまでは……。当時はわたしも小説家になると思ってなかったし、出版社がらみのニュースも、そんなに真剣に観てなかったし。菊池さんにきけばなにかわかるかも」

たしかにそうだ。KADOKAWAの社員にたずねるのが最も手っ取り早い。

「でもさ」優佳が物憂げにつぶやいた。「曽埜田さんをあんなに露骨に遠ざけなくても」

「さっきも話したけど、RENさんは担当編集の飯塚さんを疑ってる。佐田千重子が飯塚さんの可能性もある。わたしが盗作騒動にまともに対処できないように、この偽装メールで攪乱《かくらん》を図ってるのかも」

「それで曽埜田さんにあんな態度をとったわけか。李奈と親しい人に危害が及ぶかもしれないから」

「だけど……たしかにあんな言い方は悪かったかも」

優佳が苦笑した。「ショックを受けたのはたしかだろうね。曽埜田さんは李奈に好意を持ってるんだし」

「それ優佳がそう思ってるだけでしょ」

「また始まった。李奈はどう思ってんの、曽埜田さんのことを?」

「どうって……。意識したことはないけど」

「そのひとことのほうが、よっぽど胸にグサッとくるかもね。ま、ひとまず曽埜田さんの安全が確保されたなら、悪いことばかりじゃないか」

もやもやすることばかりだ。李奈はすなおに思いを言葉にした。「これからどうしたらいいかわかんない」

「わたしを気遣ってくれたのはありがたいけど、やっぱ警察に相談すべきじゃない？」

「だけど……。向こうがなりふりかまわない行動にでないって、本当にいいきれる？」

「そっか」優佳がため息まじりにいった。「わたしはいいけど、李奈のお兄さんも危ない目に遭うかもね……。警察もいちおう話をきいていどだろうし。　もう少し脅迫者の素性を絞りこんでからのほうが、真剣に動いてくれるかも」

「鍬谷准教授が亡くなったことが、脅迫者のしわざじゃなくて、ただのいたずらであってほしい」

「認定死亡はまちがいないの？」

李奈はうなずいた。「死亡届にはふつう、医師による死亡診断書か死体検案書が添付されるの。鍬谷さんの場合はそれがなくて、海上保安庁からの報告書だけが役所に提出済み」

「ミステリを書いたことがあると、どうしても疑っちゃうよね。遺体が見つからない状況なんて……」

「ほんとは生きてるんじゃないかって考えがち」今度は李奈が苦笑した。「現実にはまず無理だって刑事さんがいってた。どこかでクレジットカードやキャッシュカードを使っちゃうのは序の口。免許証を提示したり、本名を書いたりしなくても、筆跡は残るし」

「街頭防犯カメラもあちこちにあるからね。エラリー・クイーンの時代とはちがう」

「現代じゃ名無しの逃亡なんてきわめて困難。収入を得るすべがないから、犯罪に手を染めやすく、遅かれ早かれご用になるって」

優佳がきいた。「死んだのは事実ととらえていいの？」

「警察はそういってる」

「事件か事故かはわからずじまいか」優佳は空を仰いだ。「もし殺人だったとしても、犯人の要求が『シンデレラ』の原典だなんてね……。やっぱ犯人像は、KADOKAWAに突撃した、シンデレラマニアのおばあさんみたいな人？」

その老婦人自身が犯人の可能性は低い。李奈はつぶやいた。「おばあさんが鍬谷さんの船を沈めた？」

「ありえないよね」優佳がふと思いついたようにぼやいた。「そもそもシンデレラの原典ってなに？　坪内逍遙《つぼうちしょうよう》の『おしん物語』と関係ある？」

「あれは西洋の『シンデレラ』を日本風に翻訳しただけだから……。発表の時期も明治三十三年ぐらい。登場人物はみんな日本人。ドレスは絹の着物、魔法使いは弁天《べんてん》、王子様は若殿、舞踏会は園遊会に置き換えられた」

「ガラスの靴を履かせる代わりに、園遊会で見たはずの扇のいろを当てさせるんだっけ」

「そう。おしんのしんは、辛抱のしん。橋田壽賀子《はしだすがこ》さんのNHKドラマでは、そこだけ引用されたけど」

「どんな話なら原典に近いといえるの？」

李奈は文献で調べたことを口にした。「現時点でいちおう最古とされる、遊女《ロドピス》の話があるの。本当は女奴隷として、富豪の家に買われるところから始まる。時代が下るとともに、その設定は消えてる」

「子供の教育上よくないもんね」

「ロドピスのサンダルを王《ファラオ》のもとに運んだのはハヤブサ。だからヒロインを助けるのが、魔法使い系じゃなく鳥のほうが、原典に近いといえる。一方で鳥じゃなく魚になってる例も多くて」

「魚？」

「インドネシア版『シンデレラ』は、作者不詳の言い伝えでね。ヒロインの名前はプティで、やっぱり継母《ままはは》とその娘にいじめられてる。性悪の女の子の名はメラ。プティの友達だった魚を、メラは勝手に食べちゃった。プティは泣きながら魚の骨を埋葬すると、そこに美しい木が生えてきた」

「『花咲かじいさん』にも似てない？」

「かもね。通りかかった王子様が美しい木を気にいって、自分にくれというんだけど、メラがどんなに力ずくで引き抜こうとしても抜けない。ところがプティが触れると、木はあっさり抜けて、王子様の手に渡る」

「それで王子様はプティにひと目惚《めぼ》れで結婚？」

「当たり。プティは妃《きさき》となり、継母やメラの罪を許してあげた」

「寛大。とっちめちまえばいいのに」

「ベトナムではそうなってる。シンデレラにあたるのはタムって子で、継母の娘はカム。タムが釣った魚をカムがぜんぶ横取りして、タムの籠《かご》は水だけになってしまう。泣いているタムの前にブッダが現れて、籠のなかに小さなハゼを浮かべるの」

「さっきの魚と同じ役割よね。タムはたいせつにしてたけど、カムが食べちゃうとか？」

「そう。継母とカムのふたりでね。タムが悲嘆に暮れていると、またブッダが現れて、ハゼの骨を見つけなさいという。でもどんなに探しても見つからない。すると雄鶏《おんどり》が現れて、米をくれたら探すという。タムはお腹がすいてたけど、米を雄鶏にあげる。するとみごとハゼの骨を見つけてくれる」

「シンデレラみがゼロに等しいけど」

「ここからが本編。王様が祭りを開いて、継母やカムは着飾ってでかける。タムは台所仕事を命じられて留守番。だけどブッダが雀を呼んで、この仕事を片づけさせる。さらに魚の骨がドレスと靴になり、白馬も出現。タムは白馬に乗って祭りにでかける。その美貌《びぼう》が評判になるんだけど、片方の靴を水たまりに落としちゃう」

「その靴にぴったりと合ったタムが、王様と結婚してめでたしめでたし」

「……なんだけど、嫉妬《しっと》した継母とカムは、王様の屋敷に呼ばれたとき、共謀してタムを殺害」

「えっ」優佳は目を丸くした。「マジで？　ヒロインが死んじゃうの？」

「カムはまんまとタムの代わりに王妃になるけど、王様はタムのことが忘れられない。じつはタムはウグイスに姿を変えてた。だけど王様より先にカムがそのことに気づき、ウグイスのタムを絞め殺して食べちゃった」

「なに？　また食べたの？」

「カムは残った羽を燃やして、灰を庭に捨てたけど、そこから木が生えてきた。王様はその木にハンモックを吊《つる》して寝ると、タムの夢を見られるので、とても気にいっていた。また嫉妬に狂った継母とカムが、木を切り倒し、織機に作りかえた。それでもタムの声がきこえる気がするので、カムは織機を燃やし、遠くに捨てにいった」

「継母とカムも頑張るね」

「織機を燃やした灰から木が生えてきて、たくさんの柿の実をつけた。通りかかった貧しいおばあさんが、あの柿をひとつでも食べられたらと願うと、柿が次々とおばあさんの手のなかに落ちてきた。おばあさんはそれを持ち帰ったけど、幸運の柿と信じて食べなかった。すると柿のなかから小さな女の子が現れた」

「桃太郎《ももたろう》か竹取物語になってきた」

「成長した女の子はタムになった。働き者のタムは村で評判の少女になり、やがて王様に見つかり、感動の再会。カムは熱湯に落ちて死亡、身体を切り刻まれたうえ、ジャムにされてしまう。なにも知らない継母がジャムを食べたけど、瓶の底にカムの頭が転がってるのを見てショック死。全編の終わり」

「えげつない……。シンデレラ話にバイオレンス風味を付け加えたのは、ベトナムのオリジナル？」

「いいえ。アイルランドのジェレマイア・カーティン著の短編だと、シンデレラはトレブリングという名で、三姉妹の末っ子になってる。靴がぴったり合って、王子と結婚するんだけど、姉たちの策略に遭い、トレブリングは海に落とされ、クジラに飲まれてしまう」

「アイルランドでもそんな展開なの……?」

「呪いのクジラは特殊な方法じゃないと倒せないんだけど、王子が立ち向かってトレブリングを救出。いじわるな姉たちは樽《たる》に閉じこめられて海に流される。終わり」

「クジラが魚の代わりかと思ったら、ラスボスのモンスターだったのね」

「秦漢《しんかん》時代の中国を舞台にした、葉限《イエ・シェン》って少女の話にも、ベトナムと同じ位置づけの魚がでてくる。継母と連れ子にいじめられてるイエ・シェン、以下はほとんど同じ。ブッダの代わりに賢人っぽいおじいさん。片方だけ落としていく靴は黄金製。継母とその娘は石打ちの刑で死亡」

「それらのなかに原典はありそう?」

「中国の話はベトナム版の影響を受けてるっぽい。民話研究家や歴史家の説によると、ベトナムの話は紀元前四世紀に発祥したって……。紀元前五世紀のエジプトに、ロドピスの話があったって説はあやふやだし、百年以内に東南アジアまで伝播《でんぱ》するかどうか」

「シンデレラ物語がアジア発だった可能性もあるわけ？」

「中国には纏足《てんそく》って文化があったでしょ。足が小さいほうが魅力的な女性だとみなされた。最終的に靴がフィットすることで、権力者に見初められるってオチを考慮すれば、中国発祥にも思えてくる」

優佳が唸《うな》った。「やっぱこれ……。李奈に時間を浪費させるための罠《わな》のような気がする。だとすると飯塚さんか、グライト出版の誰かが〝佐田千重子〟じゃない？」

その可能性が最も高いことは、依然として疑いの余地がない。けれどもなにかがひっかかる。本当に『シンデレラ』の原典を探し求めている人間がいるとすれば、そこにはどんな理由が考えられるだろう。

李奈は腰を浮かせた。「KADOKAWAに突撃したおばあさんに話をきけたら……」

「菊池さんをあたってみようよ」優佳も立ちあがった。「きょうのうちにたずねたほうがいいよね。あと三日しかないんだし」

スマホの時計を眺めた。もう午後二時をまわっている。深刻な思いがひろがる。李奈はつぶやいた。「そうよね……」

「わたしも一緒に行くから」

「だけど」李奈は戸惑いをおぼえた。「優佳には新作が……」

「誓ってよ。もう隠しごとはしないで」優佳が真顔で見つめてきた。「わたしだって李奈をほっとけない」

優佳を見かえすうち、李奈の胸にせつないものがこみあげてきた。手をつなぐと、その温かさに安堵《あんど》をおぼえる。李奈は小さくうなずいた。まだ恵まれているのかもしれない。のっぴきならない事態に陥っても、なお友情を感じられるのだから。

9

午後三時すぎ、李奈と優佳はKADOKAWA富士見《ふじみ》ビルに赴いた。雑然とした書籍編集部、事務机が無数にひしめく広いフロアの一角で、菊池と再会した。三人で応接用テーブルを囲んで座る。

菊池が頭を掻《か》いた。「そのシンデレラマニアのおばあさんのことなら、ぼんやりと記憶に残ってる。あっちの通り沿い、当時の角川第三本社ビルが事件現場だった」

優佳がいった。「たしかニュース番組では、一階ロビーの受付前に居座ったって……」

「警備員がいたからね。奥のエレベーターまでは進めない。結局、一階で押し問答になってね。立て籠《こ》もり事件として警察が飛んできて、テレビの中継まで始まっちゃって」

李奈は菊池を見つめた。「おばあさんは『シンデレラ 角川アニメ絵本』に不満があったんですよね？ どんなクレームだったんですか」

「又聞きだけどね。シンデレラ物語の起源は日本だから、そのことを巻末の注釈に書くべきだと主張してたとか」

唖然《あぜん》とさせられる。起源。李奈は優佳に目を移した。優佳も緊張の面持ちで見かえしてきた。

菊池に対しては、佐田千重子の脅迫メールのことを知らせていない。そのため菊池はぽかんとした顔を向けてきた。「なにか？」

「いえ」李奈は居住まいを正した。「おばあさんは『シンデレラ』の日本起源説をうったえてたわけですか」

「ああ。ディズニーの『シンデレラ』本をだしてる講談社や、『ペロー童話集』をだしてた岩波書店でも、騒ぎを起こしたらしい。『シンデレラ』には日本発祥という注釈をつけろというんだよ」

優佳は呆《あき》れたような顔になった。「日本発祥だなんて……。『おしん物語』も明治三十年代でしょ?」

「いえ」李奈は優佳にいった。「それより昔に、日本にも『シンデレラ』らしき物語はあったの」

「マジで?」優佳がきいた。

菊池も眉《まゆ》をひそめた。「あのおばあさんの言いぶんに多少なりとも正しいところがあったってのか?」

東北と中部地方には『米福粟福《こめぶきあわぶき》』という昔話が伝わる。ベトナムのタムとカムに似て、米福がシンデレラの女の子、粟福は継母《ままはは》の娘だ。いじわるな継母と粟福は、先妻の子である米福を虐待する。救いの主は山姥《やまんば》で、鬼から米福を守ってくれる。

やがて祭りの日、留守番を押しつけられた米福は、山姥からもらった小槌《こづち》をひと振りする。小槌から雀がでてきて、米福の仕事を手伝ってくれる。このあたりもベトナム版に似ている。さらに小槌からは綺麗《きれい》な着物、櫛《くし》、かんざしが転がりでる。米福がそれらを着けて祭りにでると、あまりの美しさに長者のひとり息子が恋心を抱く。

ふだんはみすぼらしい米福だったが、長者の息子は家を訪ねてくる。小槌から嫁入り道具が次々にでて、米福は幸せな結婚と相成る。継母は怒りのあまり、粟福を臼《うす》に乗せて引きまわすが、ふたりとも田んぼに落ちて死亡。母娘《おやこ》揃って宮入貝になってしまった。

関東に伝わる昔話では、シンデレラが紅皿《べにざら》、継母の娘が欠皿《かけざら》という名だ。大筋で『米福粟福』に似ているが、紅皿にひと目惚《めぼ》れするのは殿様。ガラスの靴の代わりに、歌を詠むテストが催される。

李奈はいった。「皿に盛った塩に、小さな松の木を挿した物が、盆に載せて運ばれてくるの。殿様はそれで歌を作れという。欠皿は『盆に皿 皿の上には塩があり 塩の上には松の木がある』と歌った」

優佳が鼻を鳴らした。「五七五七七にはなってるよね」

「美しい紅皿のほうは『盆皿や 皿なる山に雪降りて 雪を根にして育つ松かな』と詠んだ。殿様や家来たちはむせび泣くほど感動。紅皿を駕籠《かご》に乗せ、お城へ迎えた」

「そうなの……？ それでいいのかな」

「西洋の『シンデレラ』は、王子に容姿だけで選ばれてるでしょ。歌を詠むことで内面の美しさに触れたってことじゃないかな」

「欠皿と継母は？」

「悔しすぎておかしくなった継母が暴れて、欠皿を道連れに川のなかに落ち、ふたりとも帰らぬ人に」

「きかなきゃよかった」

「このオチにかぎれば『米福粟福』に似てる。九州には『米埋糠埋《こめうめぬかうめ》』って昔話があって、シンデレラが米埋、糠埋はいじわるな継母の娘。全国各地に『皿々山』っていう話も伝わってる。こっちも『紅皿欠皿』に似てる」

『皿々山』の終盤も和歌での対決になる。ヒロインは殿様に見初められる。取り残された継母は怒りのあまり、性悪な娘を臼の下敷きにし転がすうち、田螺《たにし》になってしまった。

どれもシンデレラは、亡くなった先妻の美しい娘で、継母とその娘にいじめられる。権力者の男性が思いを寄せ、結婚というハッピーエンドに至る。継母と娘は悲惨な死を迎えるが、別の生き物になってしまうあたりが、日本オリジナルかもしれない。

菊池がきいた。「それらの昔話はいつごろの発祥だ？」

「『米福粟福』は、米作りの仕事がでてくるバージョンもありますが、もとは栗拾いの設定だったようです。縄文人《じょうもんじん》はすでに栗を食材にしていました」

優佳はぽかんと口を開けた。「縄文時代なら紀元前一万四千年ごろから始まってるんだっけ？　紀元前五世紀が一気に霞《かす》むね」

そう単純には考えられない。李奈は異議を唱えた。「栗拾いだけをとらえて縄文時代とはいいきれない。もっと後の時代かも」

「日本版はどれも、片方の靴を落としていく展開がないね」

「隣りの韓国の『豆福《コンジ》と小豆福《パッジ》』は、宴会場に落としていった花靴が、ヒロインの足にぴたりと合う結末。日本だけちがうのは、靴自体がなかったからでしょ」

「ああ……。草履や下駄なら合う足のサイズも、範囲がかなり広いしね」

菊池が鼻で笑った。「うちに殴りこんできたおばあさんの論拠はそこか。縄文時代の可能性ありってとこだけを、都合よく解釈したんだな。もっとずっと後の時代に作られた話かもしれないのに」

李奈は菊池にたずねた。「そのおばあさんの身元はわからないんですか」

「都内にひとり暮らしだったはずだが、名前まではおぼえてないな……。ほかの社員にあたってみるか？」

「お願いできますか」

菊池は腰を浮かせたものの、妙な顔を向けてきた。「これがRENの盗作騒動を解決する鍵《かぎ》になるのか？」

RENとの関係はまだあきらかでない。ひとまず別の問題だ。しかし李奈はとぼけてみせた。「あるいは」

「わかった。まっててくれ」菊池が立ち去っていった。

優佳が深刻そうな顔になった。「かなり古い昔話だったとしても、中国から伝わってきたんじゃない？『シンデレラ』が日本発祥で、紀元前のうちにエジプトまで伝わったなんて、ちょっと考えられない」

李奈も同意見だった。「最新の研究では、人類はアフリカ大陸から世界じゅうにひろがったとされてるよね。多少なりとも文化交流や物流のルートがあったなら、人が移動した先で、伝承も語り継がれていったのかも……。それらをつぶさに遡《さかのぼ》っていけば、原典にたどり着けるかもしれない」

「あと三日でできる？」

やれるところまでやるしかない。三日間はそれにかかりきりになるだろう。RENに対する訴訟準備については、考える暇さえない。まんまと飯塚の策略に嵌《は》まっている気がする。けれどもほかに方法がない。

菊池が戻ってきた。「シンデレラマニアのおばあさんは健在だ。警備の厳しくなった出版社の代わりに、最近は国際文学研究協会にちょっかいをいれてる」

「国際文学研究協会ですか」李奈はいった。「たしか目黒《めぐろ》に事務局のある公益法人…

「……」

「そうだ。優秀な研究者の集まりで、海外の学界でも論文を発表してる。うちの会社も辞典の編纂《へんさん》だとか、いろんなことでお世話になってる」

「おばあさんはなぜそこに行ったんでしょうか」

「海外文学の権威的な団体だと知り、各出版社への働きかけを求めてるんだとさ。むろん『シンデレラ』本のすべてに、日本発祥の物語という注釈を付けさせるのが目標。会議にまで押しかけようとするから手を焼いてるそうだ」

優佳が微笑を浮かべた。「六年間ずっと頑張ってるんだね」

李奈は菊池を見つめた。「ならその団体をあたれば……」

「ああ。おばあさんは連絡先のメモをデスクに置いていったそうだ。協会の会合は不定期開催なので、いまは詳しいことがわからないらしいが」

妙な気配があった。李奈のなかに緊張が生じた。編集部がざわつきだしている。女性編集者のひとりが血相を変え、菊池に駆け寄ってきた。「曽埜田璋さんが病院に運ばれました!」

全身の血管が凍りついたかのようだった。李奈は息を呑《の》み、ただ優佳を見つめた。優佳も愕然《がくぜん》としていた。

10

東京逓信病院は、ＫＡＤＯＫＡＷＡ富士見ビルからごく近い。タクシーを呼ぶ必要もない。

李奈は優佳とともに、徒歩で菊池につづいた。ところが歩きだしてみると、手前に見えていた建物は人間ドック専用棟にすぎず、病院のエントランスは案外遠かった。もどかしい気持ちで歩を速めていく。李奈は気が気ではなかった。曽埜田に危害を加えたのが佐田千重子だったとしたら。

ようやくエントランスに到着した。受付できいた病室に赴く。廊下には白衣の医師や看護師、制服の警官が立っていた。開いたままのドアの奥、ベッドに横たわる曽埜田の姿が見えている。頭に包帯を巻き、左腕と左脚をギプスで固めていた。わきに点滴スタンドもある。

優佳が真っ先に入室していった。「曽埜田さん」

李奈は廊下に留《とど》まった。曽埜田が優佳に顔を向けた。眠ってはいないとわかる。

廊下で制服警官が菊池に説明した。「飯田橋駅の階段で、背後から誰かに突き落とされたようです」

医師がうなずいた。「頭部を打撲していますが、頭蓋骨《ずがいこつ》に骨折はありません。検査でも異常はみられませんでした。腕は捻挫《ねんざ》、脚の骨にはひびが入っています。六時間ぐらいは、このままようすをみるべきかと」

菊池が警官に向き直った。「防犯カメラに犯人が映っていませんか」

「駅員に確認したんですが、あいにく画面の外のできごとだったようです。録画映像には、曽埜田さんが階段を転げ落ちるようすのみが記録されています」

「目撃した人は？」

「駅構内なので乗客の行き来もあわただしく、誰もその場に長く留まったりしないので、まだ事情をきけていません。これから目撃情報を募るしかありません」

「そうなんですか」菊池が暗い顔でうつむいた。

「曽埜田さんのご家族は地方在住だそうですが、御社のほうではどうですか。なにかトラブルの話だとか、きいたおぼえはありませんか」

「いえ。特になにも」

李奈は重苦しい気分で部屋に入った。曽埜田は安堵《あんど》のいろを浮かべ、優佳と控えめに談笑していた。だが李奈を見たとたん、曽埜田は表情を険しくし、黙って天井を仰いだ。

どう話しかけるべきか見当もつかない。李奈はささやいた。「曽埜田さん。だいじょうぶ……?」

「平気だよ」曽埜田は無表情だったが、言葉遣いは穏やかだった。「頭がぼうっとしてないかとか、ものが二重に見えないかときかれたけど……。どっちも当てはまらない」

優佳が困惑ぎみにいった。「曽埜田さん。李奈がさっきあんな態度をとったのにはね、理由があるの」

「いいよ、いまさらだし……。僕が押しかけたのが悪かった。誰だって我慢してたことをぶちまけたくなる」

「ちがうんだって。李奈は曽埜田さんを嫌ってなんかいないよ。ただあのときはね……」

菊池が医師や警官らとともに入室してきた。優佳は戸惑いがちに口をつぐんだ。

医師は曽埜田に問いかけた。「眠気や吐き気はないかな? 痺《しび》れは?」

「特にありません」曽埜田が菊池に目を向けた。「ああ……。わざわざどうも」

「災難だったね」菊池が労《いたわ》った。「きみの担当の筑島《つきしま》だけど、いま愛媛に出張中でね。

代わりに僕がきた。たぶん他社の担当編集も、すぐに現れると思う」

「ありがとうございます。……フリーランスはこんなとき孤独なので」

警官が険しい顔で菊池にきいた。「曽埜田さんと仕事で関わりがあるのは、筑島さんというかたですか」

「ええ」菊池が応じた。「でもいまは四国ですし」

「たしかですか」

「さっきも電話で話しましたよ。こっちにはいません。筑島からトラブルもきいてません。曽埜田さん、そうだね？」

「はい……。筑島さんはとてもいい人です」

李奈の手にしたハンドバッグに、短い振動が生じた。なかに入っているスマホのバイブだった。確認しなければならないが、いま部屋をでるのは気が引ける。当惑をおぼえていると、優佳と目が合った。

メールのことは周りに明かせない。優佳は理解したように小さくうなずいた。李奈はためらいを感じたものの、ひとりドアに向かいだした。視界の端に曽埜田をとらえる。曽埜田がこちらに視線を向けた。その顔を見かえす勇気がない。

廊下にでた。李奈はスマホをとりだした。たちまち鳥肌が立った。受信したメールが画面に表示されている。

杉浦李奈様

あなたの取り乱したようすから、言葉とは裏腹に、曽埜田璋をたいせつに思っていると気づきました。おそらく恋人関係でしょう。警告の意味を兼ね、このように対処させてもらいました。

期限はあと三日になります。『シンデレラ』の起源について、納得のいく回答がなければ、こんなものでは済まされません。

佐田千重子

李奈はめったなことで頭に血が上らない。けれどもいまは憤りに手が震えた。なにが恋人だ。勝手にきめつけたうえに大怪我を負わせるなんて。李奈は猛然と返信メールを打った。

佐田千重子様

あなたになにがわかるんですか。

杉浦李奈

送信の直後にスマホが振動した。エラーが表示されている。先方のメアドが見つからず、メールが送りかえされてきた。

「もう!」李奈は思わず声を発した。

通りすがりの入院患者がびくついた。李奈は申しわけなさと、自分への苛立《いらだ》ちを噛《か》み締めながら、無言で頭をさげた。

行き場のない怒りを堪《こら》えるうち、靴音をききつけた。優佳が心配そうに歩み寄ってきた。「李奈……。どうしたの?」

李奈は黙ってスマホを差しだした。画面を眺めたとたん、優佳に憂いのいろが浮かびだした。

「これって」優佳が怯《おび》えたように声を震わせた。「ホテルのロビーにいたと白状してるよね。やはり佐田千重子は飯塚さん……?」

「またはまわりにいたグライト出版の社員の誰か。ほかに考えられない」

「この脅迫メール、李奈を手いっぱいにさせる目的とみて、まずまちがいなさそう。『シンデレラ』の原典を追わせて、裁判への対処法を深く考えさせない」

「そう。でも裁判はずっと先になるはずなのに、なぜか期限はあと三日。三日間だけ盗作問題について熟考できないようにしてる」

「あと三日間のうちになにが……？」

「わからない。それを突きとめなきゃいけない。飯塚さんがなにを企《たくら》んでるのかも」

菊池が廊下を歩いてきた。「那覇さん。すまないが、きみは新作の執筆中だろ？〆切《しめきり》までそんなに余裕もない。そろそろ帰ったほうがよくないか？」

優佳は不満げに振りかえった。「わたしは……」

すかさず李奈は割って入った。「優佳。マンションまで送るから。仕事をしてくれてたほうがいい」

「だけど……」優佳は反論しかけたものの、あきらめたようにうつむいた。「そうだよね。わたしが引きこもってたほうが、李奈も安心だよね」

友達が落ちこむのを見るのは辛《つら》い。だがその身を案じればこそだった。李奈は菊池に目を移した。「国際文学研究協会のどなたかに、早急に会えませんか。できればきょうのうちに」

菊池の眉間《みけん》に皺《しわ》が寄った。「協会員は大学教授や教員、学者ばかりだよ。夕方までそれぞれの職場にいるだろうし、きょう会合があるわけでもないだろう」

「仕事終わりに時間が作れるかたも、多少はおられるんじゃないかと……。とにかくあたってみてほしいんですけど」

「本当に盗作問題への対処につながるのか？」

結果的にはそうなる。飯塚かその仲間が監視中なら、李奈の国際文学研究協会へのアプローチは、要求に従っていると解釈するだろう。

シンデレラ日本起源説を唱える老婦人にも、いちど会っておきたかった。飯塚への牽制《けんせい》になる一方、本当に三日で答えにたどり着けないのか、実際にたしかめる必要がある。正解のない問いなら、いよいよもって飯塚の罠《わな》にすぎない、そう信じられる。

その場合は残り三日という期限の意味を、あらためて追求せねばならない。なぜ三日間だけ、李奈の目を逸《そ》らそうとするのか。

李奈は菊池にきいた。「グライト出版の飯塚さんについて、なにかご存じですか」

「いや」菊池は苦々しげに否定した。「文芸編集者どうしには横のつながりがあるが、グライト出版となると面識がなくてね。きょう会って確信した。あんなやつらにはつきあいきれない」

優佳が軽蔑《けいべつ》したようにささやいた。「太刀打ちできないのまちがいじゃなくて？」

李奈はただ虚空を見つめた。誰かが友達を傷つけた。これからも傷つけようとしている。あるいは命まで奪う気かもしれない。しかも文学をダシに脅しをかけてくる。小説家として絶対に許せない。

11

日が暮れた。午後七時半、李奈は目黒区にある公益法人・国際文学研究協会事務局を訪ねた。

閑静な住宅街のなかにある、庭付きの立派な平屋建てだった。外壁はタイル張り、鉄筋コンクリート造と思われる。もっとも建物全体が協会に属するわけではない。ほかの公益法人と空間を分け合っていた。国際文学研究協会に属するのは三部屋で、書架と資料室、会議室から成る。

菊池を通じての申しいれにより、急な要請にもかかわらず、なんと理事みずからが出向いてきた。七十を超えているとおぼしき老紳士は、元東大文学部教授、現西洋文学者の広坂行洋《ひろさかゆきひろ》。会議室の肘《ひじ》掛《か》け椅子におさまった広坂は、李奈を見るなり立ちあがり、威厳たっぷりに会釈した。李奈も恐縮しながらおじぎをかえした。

理事が臨時に事務局に行くとあっては、みな無視できなかったのだろう。ふたりの主要な役職も顔を揃えた。六十代で小太りの洞出《ほらいず》大学文学部教授、倉渕淳次《くらぶちじゅんじ》副理事。その同世代らしき婦人で、聖アリアラス学園高等学校の校長を務める、美和夕子《みわゆうこ》事務局長。

一介のラノベ作家が会える面々ではない。李奈は腰が引けたまま立ち尽くした。「あのう。急な話にもかかわらず、お集まりいただきありがとうございます。お手を煩わせるつもりはなかったのですが……」

「いや」広坂理事は静かにいった。「千重子さんのことなら、本当に迷惑に感じていてね」

「……いまなんとおっしゃいましたか?」

「鹿丸《しかまる》千重子さん。『シンデレラ物語』の日本起源説を唱えて、あちこちの出版社に迷惑をかけているご婦人。とても厄介でね。あの人のことでおいでになったんでしょう?」

「あ、はい。そうです……」

なんと驚いたことに、シンデレラマニアの老婦人の名も千重子か。佐田千重子というメールの差出人名は、そのことを知る第三者が、意識的に用いたのだろうか。まさか鹿丸千重子本人が、わざわざ下の名についてのみ、本名を明かすとは思えない。

倉渕副理事が仏頂面でつぶやいた。「警察に相談しても効果なし。彼女はもう最寄りの交番の巡査とも仲良しでね。わざわざお歳暮をふたつ持って現れたのにはあきれた。ひとつは私たちのぶん、もうひとつは警察への贈り物だといって」

李奈は啞然《あぜん》とした。「警察は受けとったんですか」

三人が苦笑とともに首を横に振った。美和夕子事務局長がいった。「まさか。おまわりさんのほうが尻尾《しっぽ》を巻いて逃げてしまって。残されたわたしたちは、誰も頼りにできないありさまで」

「いつもそうだ」倉渕副理事が神妙にうなずいた。「なんのことはない。独身のおばあさんが、寂しさを紛らわせたがってるにすぎんよ」

胸にひっかかるものがある。李奈はきいた。「寂しさですか？　本気の抗議じゃなかったんですか」

広坂理事がため息をついた。「一定以上の年齢になると、無性に話し相手を求めたくなる。ふつうなら話題はなんでもいい。しかしあのご婦人の場合、話題は『シンデレラ』にかぎられるらしくてね」

「でも」李奈は広坂を見つめた。「千重子さんは日本起源説について、本に載せたがってるんですよね？」

「いちおうそれを要求してる。けれども本当はただ『シンデレラ』のあれこれを語りたいだけだ。というのは、ある出版社が彼女の要請に応じ、奥付に掲載するといったことがある。日本発祥の物語という説もあります、そう載せると返事した。ところが……」

美和夕子事務局長がつづけた。「千重子さんは、すべての本が掲載を約束しないと意味がないとか、またもゴネだした。収拾がつくのを嫌がってるんです」

倉渕副理事も同意をしめした。「出版社の社員や、私たち専門家を相手に、際限なく『シンデレラ』について語り合いたい。そのためには抗議というかたちをとるのが最善、そう学習したんだろうな。こっちもむやみに無視できなくなるから」

李奈は戸惑いを深めた。「すると日本起源説はただの方便ですか?」

広坂理事が否定した。「そうでもない。彼女は世界各地の『シンデレラ物語』について、異常なほど詳しい。正直なところ私も勉強になったぐらいだよ。キプロス島の伝承まではさすがに知らなかった。でたらめかと思いきや、トルコ語の文献に、たしかに載っていてね」

倉渕副理事が嘲《あざけ》るようにこぼした。「千重子さんを鍬谷君にぶつけてみたかった。彼も裸足《はだし》で逃げだしただろう」

三人はさして面白くもなさそうに笑った。李奈は面食らった。今度は鍬谷准教授の名が挙がった。

李奈は倉渕に目を向けた。「亡くなった鍬谷芳雄氏のことですか」

「そうだよ」倉渕副理事は悪びれたようすもなく応じた。「『シンデレラ』といえば、彼のことを思いだす。彼は去年、原典を発見したと主張し、私たちに賛同を求めてきた」

美和夕子事務局長が李奈を見つめた。「鍬谷さんは智葉大学の教授になるため、どうあっても『シンデレラ』の原典を特定したいと望んでいました。確たる証拠をつかんだうえでの論文なら、たしかにその価値はあるでしょう」

「ちがったんですか」李奈はきいた。

広坂理事が立ちあがり棚に向かった。ファイルをひっぱりだし、数枚を綴《と》じた書類を、テーブルの上に滑らせてきた。

李奈は書類を見た。エジプトの遺跡の壁に彫られているような絵文字が並んでいる。ヒエログリフ、古代エジプトの象形文字だった。書類のあちこちに日本語の書きこみがある。それらの文字だけ拾うと、例の遊女《ロドピス》の物語になっていた。

倉渕副理事が身を乗りだした。「それは紀元前一三〇〇年前後に彫られたとおぼしきヒエログリフだ。カイロ郊外で発見された。鍬谷君は、そこに書いてあるように解釈できるといった。事実なら最古の『シンデレラ物語』の文献だ」

含みのある物言いにきこえる。李奈はささやいた。「そうではないとおっしゃるんですか」

「そのとおりだ。それは祝祭における儀式の説明でしかない。ところが鍬谷君は、いくつかの文字だけを拾って、強引にロドピスの物語だと珍説を展開している」

「……じつは正しい可能性はないんですか」

「ない。知ってのとおりヒエログリフは十九世紀、シャンポリオンがロゼッタ・ストーンを解読して以降、かなり正確に読めるようになってね。たしかにその文章は、部分的に曖昧《あいまい》さを残すものの、ロドピスの物語にはほど遠い」

「鍬谷さんは生前、『シンデレラ』の原典について、新たな見解を発表するといってましたよね。それが……」

「これだよ」広坂理事が醒《さ》めた顔でいった。「論文の執筆にはまだ取りかかっていなかったが、査読に値するようなものにはなりえない。ただセンセーショナルな話題性によって、海外からも注目されることを狙っただけだ。研究への社会的関心を高めたという貢献により、教授への昇進が認められる、その一点に賭《か》けていた」

李奈は意外に思った。「すると鍬谷さんは、純粋に研究内容が認められるとは考えていなかったんですか」

「彼は夢見ていたにすぎない。教授に昇進するというシンデレラ・ストーリーを」

静寂のなか、三人のくぐもった笑い声だけが、低くこだました。

倉渕副理事がテーブルの上で両手をひろげた。「鹿丸千重子さんがここに来るようになったのは、去年の秋以降でね。鍬谷君の失踪《しっそう》は夏だったろ。出会う機会がなかった。ふたりの議論を見てみたかったよ」

広坂理事は視線を落とした。「彼は気の毒だったと思う。葬儀には参列できなかったが、弔電は送らせていただいた」

沈黙が下りてきた。室内は無音になった。李奈にはどうしてもたずねたいことがあった。「もし鍬谷さんが亡くならなかったら、その後どうなさったと思いますか」

「事故で命を落とさなかった場合かね?」広坂理事は顎《あご》を撫《な》でた。「さあ。教授会に大見得を切ってしまった手前、論文を発表しないわけにはいかない。どうあっても万人を納得させうる論文を仕上げようと躍起になるだろうな」

「そんな論文が書けるでしょうか」

倉渕副理事が首を横に振った。「不可能だろう。有史以来確認されている『シンデレラ物語』の記録は、世界じゅうに七百六十種以上。伝承まで含めると三千種を超える。各地の言い伝えについて、いつの発祥かを調べるのは、非常に困難な仕事だ」

「でもそれを成し遂げるかも……」

「彼には無理だよ。功名心から自分を見失っていた。一方で周りからは白い目で見られていた。そのうち誰かを脅してでも、原典についての手がかりをつかもうとしたかもしれん」

脅し。そのひとことが脳裏に反響する。ただし故人となった鍬谷には不可能だ。脅迫メールの差出人は別にいる。

ほかの何者かが脅迫をおこなうとして、いったいなにがその人物を駆り立てるのだろう。教授になろうとした鍬谷とは異なる、なんらかの理由により『シンデレラ』の原典を知りたいと願う。その強い思いはどこから生じるのか。

外国文学の専門家が揃っているのなら、ぜひとも確認しておきたかった。李奈はきいた。「鹿丸千重子さんが主張する日本起源説は、本当に荒唐無稽《こうとうむけい》でしょうか」

また一笑に付すかと思いきや、三人は真顔になった。広坂理事が見つめてきた。「あなたの意見をききたい。どう思うかね」

李奈は自分の考えを口にした。「紀元前四〇〇年ごろまでには、洋の東西に充分な交流があったとされているので……。遊牧民族の匈奴《きょうど》は、モンゴル高原を中心とした中央ユーラシア東部に、一大勢力を築きました。ギリシャ神話が日本の伝承に影響を与えたのと同じように、アジアから西洋に物語が伝わる可能性も否定できません」

「中国の纏足《てんそく》文化が、シンデレラの靴の話の原型になっている。そんな推測も成り立つわけだな」

「おっしゃるとおりです」

「だが韓国の昔話『豆福《コンジ》と小豆福《パッジ》』は、グリム童話のシンデレラ譚《たん》『アシェンプテル』に似すぎているだろう。鳩ならぬ雀が助けてくれたり、性悪の子が靴に合わせて足を切ったりするくだりがそっくりだ。あれは近世になって、ヨーロッパから伝わってきたものじゃないのかね」

「逆かもしれません。王様に気にいられるため、足を切る少女の話が、紀元前一世紀の高句麗《こうくり》にあったとされます」

美和夕子が異論を唱えた。「『豆福と小豆福』では牛が現れて、豆福を助けてくれるでしょう。牛が救世主になるのはチベット方面のシンデレラ譚です。西洋から大陸を通じ伝播《でんぱ》した証《あかし》でしょう」

李奈は別の可能性もありうると考えていた。「高麗《こうらい》時代には仏教文化が発達し、朝鮮半島でも肉食が禁止になり、牛は労働力のみに用いられるようになりました。その時期に伝承が変異したのかもしれません」

広坂理事は愉快そうに笑った。「まあまちなさい。杉浦さん、あなたはたいしたものだ。かなり広範囲に文献を読みこんだとみえる。議論も興味深い。鹿丸千重子さんとも充分に渡り合えそうだ」

「連絡先をお教え願えれば、いますぐ飛んでいきます」

「それを望むのかね」

「はい。そのために訪問させていただきました」

「正直、あなたの取材ときいて、私はただ千重子さんの迷惑行為を報じてほしいと思っただけだ。けれどもあなたなら、千重子さんのいい話し相手になれるかもしれない」

鹿丸千重子を李奈に押しつけようとしている。三人の態度からは、それ以外の意思は特に感じられない。李奈の知識に対しても、本気で感心したかどうかは微妙だった。

広坂理事がいった。「私たちのほうから、鹿丸千重子さんに連絡し、きちんと伝えよう。今後は杉浦李奈さんという小説家さんが、千重子さんの主張に耳を傾けると」

やはり厄介払いを望んでいるようだ。だがどのような意図だろうとかまわない。鹿丸千重子なる老婦人との面会を、公に取り持ってくれるのなら願ってもないことだ。連絡方法を模索せずに済む。

これで堂々と鹿丸千重子に話をきける。もやもやするばかりの不可解な状況に、にわかに風穴を開けられるかもしれない。

李奈はおじぎをした。「本当にありがとうございます」

三人が揃って頭をさげた。倉渕副理事が苦笑ぎみにつぶやいた。「もっと早くお会いしたかった。万が一にも鍬谷君が生還して、あらためて論文を持参してきたら、そのときもよろしく頼むよ」

12

李奈は国際文学研究協会から本を十冊近く借り、徹夜で読みこんだ。週明けの月曜が脅迫メールのさだめる期日になる。世界じゅうのシンデレラ物語について、知りうるかぎりのすべてを頭にいれたいが、とてもそんな時間はなかった。

翌日は土曜だった。仕事が休みの兄、航輝が朝から電話をいれてきた。一緒に書店にでもでかけないかという。論外だと李奈は思った。航輝に対し、土日は外出しないでと強くうったえた。理由は話せないと付け加えた。航輝の声は戸惑いをしめしたものの、李奈がいうならそのようにする、そう約束してくれた。すなおなところは兄の長所だった。

午前十時、空は曇っている。李奈は北千住《きたせんじゅ》駅の改札前で、美和夕子事務局長と待ち合わせをした。夕子はハイミセス用のレディススーツにコートを羽織り、髪をきちんとセットして現れた。李奈の服のバリエーションは少ない。きのうと代わり映えのしない装いを気恥ずかしく思った。

きょうはふたりで鹿丸千重子を訪ねることになっていた。夕子の勤務先の学校も休みだという。駅から徒歩で荒川《あらかわ》方面に向かう。古びた家屋がめだつ住宅街の奥深く、木造二階建てアパートひと棟が、埋もれるように建っていた。

一階のドアを夕子がノックした。「鹿丸さん。おはようございます」

李奈は夕子にきいた。「ここに来られたことはあるんですか」

「いいえ。きょうが初めて。住所だけは知らされてたけど」

「千重子さんが住所を伝えたということは、協会からなんらかの郵送物を受けとりたかったんでしょうか」

夕子は苦笑とともに首を横に振った。「そうじゃなくて、わたしたちをここに招きたがってたみたい。事務局だとスケジュールの都合で追いだされちゃうでしょ？　自分の部屋なら好きなだけ話せると思ったんじゃない？」

しばらくまったが、なかから返事はなかった。夕子がまたノックをする。静寂だけがかえってきた。

李奈は夕子と顔を見合わせた。夕子がドアノブに手を伸ばす。施錠はされていなかった。ドアはそろそろと開いた。室内は消灯していて薄暗い。夕子が立ち入ろうとした。

思わず面食らう。李奈は制止した。「勝手に入っちゃまずくないですか。買い物にでかけてるだけかも」

「だけど」夕子がこわばった顔で見かえした。「ご高齢のひとり暮らしだし、万が一のことがあったら……」

「ああ……。それもそうですね」

ふたりでドアのなかに入る。窓から射しこむ白い光だけが、室内をおぼろに照らしだす。狭い靴脱ぎ場の先は、なんの間仕切りもなく、ダイニングキッチンにつながる。奥にもうひと間あるが、襖《ふすま》は開け放たれていた。

やけに雑然としている。足の踏み場もないほど物があふれる。散らかっているのとは少しちがう。むしろ整理整頓《せいとん》は行き届いていた。大小の棚がところ狭しと据えられている。

郷土土産とおぼしき置物が、隙間なくびっしりと並ぶ。大半が海外由来だと一見してわかる。アジアやヨーロッパ各地、アフリカまたは南米産とおぼしき人形と、庭園のジオラマ。どれも古い物のようだ。ただし埃《ほこり》は被《かぶ》っていなかった。こまめに掃除しているらしい。

ふたりはまた戸惑い顔を見合わせた。物が多すぎて奥のようすがわからない。夕子はためらいがちに靴を脱ぎ、部屋にあがった。李奈もそれに倣った。

棚と床を埋め尽くす置物を、李奈は眺めながらつぶやいた。「これって……」

夕子がうなずいた。「世界各地のシンデレラ伝説に基づく品々よね」

食卓の上にひしめきあう人形のうち、木彫りのアンリ人形は、バジーレ著『灰かぶ《チェネレン》り猫《トラ》』の再現だった。ゼゾーラが育てた魔法の木により、綺麗《きれい》なドレス姿に変身した瞬間を表している。

隣はお馴染《なじ》みペローの『サンドリヨン』。ヒロインは白馬の引く馬車に乗っている。馬車はかぼちゃの形をしていない。そもそもペロー著の文中では、かぼちゃが馬車に変化した旨が書かれているだけだ。馬車それ自体がかぼちゃ形なのは、後年の挿絵や、ディズニーのアニメによる普及でしかない。

中国の『葉限《イエ・シエン》』、韓国の『豆福《コンジ》と小豆福《パッジ》』、それにベトナムの『タムとカム』の置物もあった。そんななか、アラビア風の人形が目についた。物語に沿うように、いくつかの場面が再現されている。

李奈はきいた。「これはなんですか」

夕子が人形を眺めた。「『アラビアン・ナイト』のなかの『足飾り』って話。シンデレラ譚《たん》のひとつ」

「へえ。『アラビアン・ナイト』にもシンデレラが……」

「三人姉妹のうち、姉ふたりが継母《ままはは》の連れ子。いちばん下の妹だけが先妻の娘。飛び抜けて美しいせいで、姉たちから妬《ねた》まれている。ほかのシンデレラ譚と同じ」

「この人形が身につけるアンクレットが〝足飾り〟ですか。小さな壺《つぼ》からとりだしてますけど」

「そう。貧しいヒロインが、なけなしのお金で買った壺に話しかけると、ドレスや足飾りがでてくるの」

「『米福粟福』の小槌《こづち》に似てますね」

「中東経由で日本にも影響をあたえたんでしょう。ヒロインは王様の宴会に出席したのち、姉たちより早く帰ろうとして、足飾りを片方だけ城に残してしまう。王子が国じゅうをまわって、ヒロインに足飾りがぴたりと合った」

「この鳥は？」

「ヒロインは王子と結婚することになったけど、姉たちが嫉妬《しっと》に狂い、針でヒロインの頭を突き刺しちゃうの。これが魔力を帯びた針だったので、ヒロインはキジバトに変身してしまう」

婚約で終わらず、もうひと波瀾《はらん》あるほうのパターンか。その先の展開は、人形による再現で一目瞭然《いちもくりょうぜん》だった。李奈はいった。「意気消沈した王子のもとにキジバトが飛んでくる。王子がキジバトの頭に刺さった針に気づき、それを抜くと、元のヒロインの姿に戻る。その後は幸せに結婚」

「そんなとこよ。いじわるな姉たちは祟《たた》られ死亡」

「『タムとカム』に似てますね」

「中東からインドとチベットを経由、中国、ベトナムに伝わったんでしょう」

「逆かもしれませんよね」

夕子は不満げに顔をしかめた。「そうね。ないとはいえない。可能性は低いけど」

ふいに呻《うめ》き声がきこえた。李奈と夕子は揃ってびくついた。ふたりとも部屋の奥に目を向けた。

襖の向こうで、もぞもぞと人影が半身を起こした。李奈は床に置かれた人形を踏まないよう、慎重にまたいでいった。後につづく夕子に手を貸す。

和室に入った。やはり畳の上は置物で埋め尽くされている。小柄な老婦人はチュニックブラウス姿で、そのなかに横たわっていたことになる。枕はなく、フトンも敷かず、毛布一枚すら掛けていない。

老婦は咳《せ》きこみながらささやいた。「ああ。また寝ちゃってたみたい」

夕子が気遣いのまなざしを向けた。「千重子さん。風邪をひいちゃいますよ」

李奈は天井の照明の紐《ひも》を引っぱった。けれども明かりは点《つ》かなかった。

千重子の皺《しわ》だらけの顔がぼんやりと見あげた。「電気は止まってるの」

薄暗さにも目が慣れてきている。李奈は正座した。「勝手にお邪魔してすみません」

「いいのよ」千重子は手にしたハンカチを口もとにあてた。「夕子さんのお友達?」

美和夕子事務局長を、千重子は夕子さんと呼んだ。夕子は苦笑いを浮かべながら、押入の襖を開け、掛けブトンをとりだした。それを千重子にそっと羽織らせる。

すると千重子が微笑した。「来てくれたのね」

「ええ」夕子は複雑な表情になった。「話し相手をご紹介したくて。こちら小説家の杉浦李奈さん……」

李奈はおじぎをした。「初めまして」

千重子も嬉《うれ》しそうに頭をさげたが、すぐに表情が曇りがちになった。「あなたみたいにお若い人は、もっとロマンチックなシンデレラがお好みでしょ?」

「いえ」李奈は笑ってみせた。「どれも興味深い物ばかりです。こちらの縄文人の女の子は、『米福粟福』の原型の物語ですよね? 栗拾いをしてますし」

「まあ」千重子が細い目を輝かせた。「そうなのよ。それは青森に行ったとき、骨董《こっとう》屋さんで買ったの。お店のご主人は、なんなのかわからないっていってたけど……」

「小槌じゃなく土器から、お洒落《しゃれ》用の装飾品がでてくるんですね」

「ええ。その話がのちに『米福粟福』に変わったの。理事の広坂さんは、それなら伝承の舞台も縄文時代になってるだろうって。だけどね……」

「縄文時代には文字がなかったので、そのままの物語は記録に残らなかったんでしょう。でも民間伝承になった。弥生《やよい》時代中期に外交の必要から漢字を受けいれ、この話を書き起こしたとき、当時を反映して『米福粟福』になった」

千重子が喜びに満ちた表情になった。「あなたは聡明《そうめい》な人ね」

夕子は多少皮肉めかした物言いをした。「ご紹介できてよかった。話が合うと思いました」

ところが千重子はふいに咳きこみだした。傍らにあった薬袋に手を伸ばす。

「ごめんなさい」千重子がむせながら告げてきた。「そこの卓袱台《ちゃぶだい》の上……。お茶をとってくださる？」

李奈はまた足もとに注意を払いつつ、ゆっくりと卓袱台に向かいだした。

夕子が心配そうにいった。「千重子さん……。お身体のぐあいがよろしくないんですか」

咳《せき》がおさまりだした。千重子が静かにささやいた。「もうお医者さんからも見放されちゃって」

「そんなこと……」

「いえ」千重子の寂しげな小声がこだました。「もう生きてるのもふしぎなぐらいだって」

深刻な病のようだった。いたたまれない思いにとらわれる。卓袱台の上の盆に、急《きゅう》須《す》と湯飲みが載っている。李奈は両手で盆を持ちあげた。

卓袱台には、雑誌が開いた状態で置いてあった。それが目に入った。週刊誌の俗っぽいレイアウト。見開き記事には、滑稽《こっけい》さを強調した字体で〝驚愕《きょうがく》！　シンデレラマニアのおばあさん　出版社に殴りこみ〟。小見出しには〝アパートの部屋を埋め尽くす奇天烈《きてれつ》コレクション〟〝なにからなにまでシンデレラ〟とある。千重子の顔写真も掲載されていた。

李奈は雑誌を小脇にはさみ、千重子のもとにひきかえした。冷めた茶を湯飲みに注ぎ、千重子に差しだす。

「ありがとう」千重子が湯飲みを受けとり、そっと口に運んだ。

出版社や協会事務局に乗りこみ抗議した、そんな老婦人の印象とはかけ離れている。夕子の表情を見るかぎり、千重子はここ最近、急激に衰弱したようだ。

薬を飲み、ようやく落ち着きだした千重子が、ふたたび身体を横たえようとする。

「悪いんだけど、寝ててもいいかしら」

夕子があわてたように腰を浮かせた。「もちろんです。おフトンもお敷きしますよ」

「それはいいのよ。少し硬めの畳のほうが楽だし」

「でも枕はご用意しますから」夕子がふたたび押入に向かった。

フトンを敷くのを拒否したのは、単に空間が足りないせいだろう。間近にまで置物の数々が迫っている。千重子の身体は、シンデレラに由来するあらゆる物に囲まれていた。それらに触れあいながら眠りにつきたい、そう望んでいるようにも見える。

李奈は千重子の枕もとに正座した。「あのう。この雑誌は……?」

「ああ」千重子が喉《のど》に絡む声で応じた。「それね。取材させてほしいって訪ねてきたから、部屋のなかを紹介してあげたの。シンデレラは日本発祥だって、書いてくれると約束してくれたし」

記事の文面を眺めるうち、複雑な気分に陥るしかなかった。鹿丸千重子の名は苗字《みょうじ》を省き〝千重子さん(87)〟と紹介されている。終始茶化した文章で、千重子を〝変人の老婆〟と表記したうえ、日本発祥説にも〝タワゴト〟と書き添えている。

室内の写真はごく小さかった。なにが写っているのか判然としない。添えられたキャプションは〝不気味なシンデレラグッズ(笑)の数々〟。大きく掲載された千重子の顔も、なにかを力説する瞬間を撮ったのか、ひどく歪《ゆが》んだ表情をとらえていた。総じて笑いものにしようとする意図が、強く感じとれる記事だった。

夕子がきいた。「それは?」

李奈は週刊誌を手渡した。夕子は記事を読み始めるや、やはり眉間《みけん》に皺を寄せた。

週刊誌の表紙が李奈の目に入った。大手出版社の刊行物ではない。駅の売店で見かけるような、低俗なゴシップ誌だった。

千重子が弱々しくいった。「夕子さん。いろいろご迷惑ばかりかけてしまって、本当に申しわけありません」

はっとしたようすの夕子が、雑誌を後ろにまわし、あわてたように弁明した。「いえ。迷惑だなんて、そんなことはまったくございません」

夕子が取り乱した理由はあきらかだ。千重子は雑誌記事を読んだとき、初めて自分がどう思われているのか理解したのだろう。きのう協会事務局で、団体の長である三人は、千重子について厄介がっていた。攻撃の対象にする論調は、この記事の揶揄《やゆ》と大差なかった。

李奈は千重子にささやきかけた。「これだけシンデレラを研究なさったのは、なにか理由があるんですか」

千重子はまた微笑した。「あなたは優しいのね。研究だなんて。みんなふつうなら執着とか、未練がましいこだわりとか、そんなふうにいうでしょ」

「いえ……。でもふしぎです。ディズニーの『シンデレラ』はいっさいありませんね。世間のシンデレラの印象に最も近いはずの、ペローの『サンドリヨン』の置物もひとつしかないですし」

「わたしは絵本童話から入ったの。子供のころに見た絵本がとても素敵でね。それ以来、ずっと童話に取り憑《つ》かれてた。『シンデレラ』というより、それに類する話がたくさんあることに気づいて、とても喜ばしくて」

「喜ばしい？」

「ええ。女の子なら誰でも憧《あこが》れるでしょ。夢みたいな話。王子様が現れて、まったく新しい人生に連れだしてくれるっていう……。そんな話すべてが好きだったの。世界じゅうに広まってるのは、わたしと同じ思いの人が多いことの表れよね？」

「もちろんそうでしょう」李奈はたずねたいことを口にした。「日本発祥というのは、どんな根拠で……？」

「ぼんやりと感じたのよ」千重子は虚空を眺めるまなざしになった。「いろんな話を読むうち、これが原典にちがいないって……。もっと若いころに気づいたの。みんなにもそれを知ってほしかった」

「なぜですか」

「メルヘンチックな西洋のお城でのできごとなんて、あまりにも遠い話でしょ。もっと身近な物語とわかれば、より幸せな気分に浸れる。わたしだけかしら」

「そんなことは……。シンデレラ譚《たん》はそれぞれの国で、民衆にとって身近な物語に変わっています。みんな現実に起こりうる話と信じたかったんです。奇跡が起こりうる国に生まれてる、素敵な男性とのめぐりあいがある国に住んでるって」

「あなたはやはり頭のいい人ね。わたしは……」千重子の表情が、わずかに哀感を帯びだした。「わたしもそう思いこみたかったにすぎないのかも」

独身の老婦人が横になっている。シンデレラ譚の発祥と信じられる国にいる、それが心の支えだったのかもしれない。出会いの奇跡は起こりうる。千重子はその希望とともに過ごしてきた。

李奈は首を横に振ってみせた。「思いこみじゃありません。充分に可能性があることですよ。縄文時代ならエジプトの遊女《ロドピス》の逸話より古いですし」

本当は後世になってから、『米福粟福』をもとに、縄文時代を舞台にした物語が作られたのかもしれない。千重子はそのことを理解しているようだった。疲れたように目を閉じ、千重子が穏やかにこぼした。「あなたは小説家さんなの?」

「そうです……」

「どこかの雑誌で発表してくれないかしら。いま話したようなことを」

残念ながら李奈は連載を持っていなかった。記事を売りこむにしても、シンデレラ日本発祥説について、李奈が載せられそうな媒体などあるだろうか。書き下ろしの小説のなかで言及したところで、それがいつ出版されるかわからない。

千重子はゴシップ誌の不本意な取り上げ方ではなく、まともなかたちで世に紹介してほしいのだろう。どんなに専門筋に馬鹿にされようと、自分の心の拠《よ》りどころになった説について、普遍的に知らせたいと望んでいる。喜びを感じる女性たちが少なからずいるはずだと、千重子は確信しているようだ。

夕子が千重子に進言した。「SNSやブログなら、早々に情報を発信できますよ」

千重子の目がうっすらと開いた。「わたしは紙の本が好きでね……。新聞や雑誌でもいいから、いちど取りあげてほしかった。正しくないかもしれないって書かれること自体は、べつにかまわないの。ただ馬鹿にせずに書いてほしい。わたしが信じたままに」

李奈は夕子を見つめた。夕子も困惑ぎみに見かえしてきた。やはり雑誌の記事に傷ついたようだ。

体調の悪化もある。もう協会事務局には現れないだろう。そんないまになって、夕子が戸惑いをしめしている。ためらいがちに夕子がいった。「千重子さん。わたしたちにできることがあれば……。区役所に相談しましょうか？」

「そういうことは、もう済ませてあるからいいの。千住保健センターにも行ったし、福祉事務所の人のお世話にもなってる。だから気にしないで」

李奈は申しでた。「たいせつなコレクションの整理整頓《せいとん》とか、いつでも手伝いますよ」

千重子がささやいた。「この近くに児童養護施設があってね。わたしが死んだら、ここにある物を寄付したいんだけど、たぶん子供たちも怖がるでしょ。古い人形は不気味だものね」

「そんなことは……」

「だから売ってお金に換えてほしい。古い物は多少の価値はあると思うの。たいした金額にはならなくても、それで施設を少しでも助けられるのなら」

本当はこれらの置物をそのまま寄付したいのだろう。施設の子供たち、特に女の子たちに、世界じゅうのシンデレラ譚に触れてほしい。千重子はそう願っている。けれども子供たちが拒絶することを、千重子は予想済みだった。雑誌記事から学んだのかもしれない。現代の子供たちはディズニーに味付けされた、カラフルなメルヘンの『シンデレラ』しか受けつけない。

物語の琴線に触れる要素は人によって異なる。ある人にとっては至福の、神のお告げに等しい話であっても、ほかの人にはピンとこなかったりする。それでも当人にとって素晴らしいという事実は、誰にも否定できない。小説とはそんなものにちがいない。千重子も多様性に気づきだしたのかもしれない。

千重子はまた目を閉じた。「きょうは来てくれてありがとう。勝手だけど、もう休ませて」

夕子がたずねた。「戸締まりのほうは……」

「きょうは福祉事務所の人が来るの。そのあとなかから閉めるし、気にしないで」

当惑とともに虚無がひろがる。李奈はそっと手を伸ばし、千重子の掛けブトンを正した。夕子とともにゆっくりと立ちあがる。互いに譲りあいながらドアへと向かった。

敷きブトンもなく畳に横たわる高齢者を、ひとり部屋に残していくのは気が引ける。それでも本人がそう望んでいる。福祉事務所による訪問もある。李奈と夕子は靴を履いた。室内におじぎをしてから外へとでた。

ふたりでアパートを後にする。歩きながら李奈はいった。「千重子さんが出版社や協会に押しかけたのは……」

「ええ」夕子が憂鬱《ゆううつ》そうにうつむいた。「自分の部屋に招きたかったのね。あのコレクションをお披露目して、世界のシンデレラ譚について語りあいたかった。千重子さんが望んでたのはそれだけ」

「きっとそうでしょう。どこか満足そうだったし」

「もっと早く来てあげればよかった」

下町の賑《にぎ》わいがなぜか、森閑とした静けさに感じられてくる。李奈は黙って歩きつづけた。古代ギリシャの三大悲劇詩人のひとり、ソポクレスはいった。年をとると、人はふたたび子供になると。そのどこが悪いのだろう。

13

美和夕子事務局長と別れ、李奈は新御徒町《しんおかちまち》駅で大江戸《おおえど》線に乗り換えた。飯田橋で下車したのち、まっすぐKADOKAWAに向かう。

きょう正午からは、法務部によるREN盗作騒動への説明会がある。対象となっている小説家らに、出席が呼びかけられていた。土曜日の開催になったのは、盗作被害に遭った作家がみな、有名どころではないからだ。誰もが生活を支えるため、ほかに仕事を持っている。

KADOKAWA富士見ビルのエントランスを入ると、一階に吹き抜けのホールがある。記者会見にも用いられる、相応に豪華な内装の空間だった。いまはどんよりと重い空気に満ちている。

　ここの収納庫には、学校の体育館よろしく、たくさんのパイプ椅子がおさめられていた。老若男女の作家陣三十名ほどが、それぞれ自分の手でパイプ椅子をとりだし、ホール内に並べて座席にする。

　李奈は唖然《あぜん》とした。明確に訴えを起こそうとしている小説家は、すべての出版社を合わせても二十名前後のはずだ。ところがKADOKAWAだけでも、きょうの説明会に三十名以上が集まっている。まだ動いていない作家が相当数いるらしい。多作で知られるRENだけに、盗作被害も少なくなくて当然かもしれない。

　曽埜田の姿はなかった。李奈は胸を痛めた。負傷さえなければ彼もこの場に現れていただろう。

　REN騒動について、真っ先に電話で相談してきた三尾谷翔季も、ここにはいないようだ。顔は著者近影で知っているが見あたらない。三尾谷が盗作された三篇が、いずれもKADOKAWA刊ではない、そのせいかもしれない。

　辺りは見知らぬ顔ばかりだったが、唯一の例外は五十七歳の与縄将星だった。喫茶店で夫婦喧嘩《げんか》が始まり、李奈は退散した、あのとき以来の再会になる。

　与縄のほうから声をかけてきた。「またお会いしましたね」

「どうも」李奈は会釈をした。「その節は……」

「お恥ずかしいところをお目にかけてしまい、心苦しく思っております」与縄は吹っ切れたかのように、妙にさばさばした態度でいった。「あれ以来、妻とは仲直りしましてね」

「そうなんですか。それはよかったです」

「ええ。私も家庭を顧みず、執筆ばかりに明け暮れていましたからね。おおいに反省し、これからは家事も頑張ろうと思ったしだいです」

「奥様もお喜びでしょう」

「まあ、ええ」与縄はなぜか言葉に詰まった。「そうですね」

「与縄さんも盗作被害に……？」

「このあいだの『新宿ゴールデン街殺人事件』ではありませんがね。もっと前に書いた『一閃』という長編です。RENの『獅子吼の恋人』の、中盤三分の一ほどに無断借用されていまして。前後はまたそれぞれ別の作家からの模倣のようで」

「災難でしたね……」

「あなたもでしょう？　お互い頑張って苦難を乗り切りましょう」与縄は軽くおじぎをしながら立ち去りだした。「では」

李奈も頭をさげた。別れたところでホール内をうろつくだけだが、与縄は李奈から距離を置いた場所に、自分のパイプ椅子を移した。

四十歳前後の眼鏡をかけた男性が、李奈に声をかけてきた。「もしかして杉浦李奈さん？」

「はい」

「やっぱり」男性が笑った。「前に報道でお顔を拝見したよ。麻淵陽光《まぶちようこう》といいます。去年の角川文庫で杉浦さんと同じ月に刊行した、『神威のマトューム　朱雀編』の作者でね」

ぼんやりと題名をおぼえているていどだった。だがそれを顔に表したのでは失礼にあたる。李奈は笑顔で挨拶《あいさつ》した。「初めまして」

麻淵は小声で告げてきた。「いまの与縄さんだろ？　正直なところ、きょうは来る必要がないことを、自分がいちばんよくわかってると思うね」

「どういうことでしょうか……？」

「RENがパクったとされる小説家のなかに、与縄さんの名なんてありゃしない。あの人が来たのは完全に見栄《みえ》だね」

「でもさきほどのお話では、『一閃』というご著書が……」

「いや」麻淵は口もとを歪《ゆが》めた。「無理にでもRENの作品に似ている箇所を探して、盗作被害を訴えるつもりだよ。本気で裁判に臨むつもりはないだろうね。特に費用がかかると説明を受けたら、真っ先に降りるだろうよ」

「そんな見栄がなにか役に立つでしょうか」

「RENは無名だけど優れた著者を見つけだし、まんまとパクる。自分もそのひとりだと話題になりたいんだろう」

「本当は模倣されていないと承知のうえで……ですか?」

「僕の作品『メタ分水嶺』は、誰が見てもRENの『見えないラブレター』にパクられてるよ。ネット上でもさかんに取り沙汰《ざた》されてる。あなたもRENに目をつけられるレベルの作家だ。でも与縄さんはちがう」

学校でもこんなふうに、内緒話で誰かを貶《おとし》めようとするクラスメイトがいた。李奈は浮かない気分でその場を離れようとした。「盗まれたかどうかは、当事者でないとわからないこともあるでしょう」

「与縄さんはね」麻淵は執拗《しつよう》につづけた。「夫婦仲があまりうまくいってないらしいんだ。このままじゃ熟年離婚だよ」

李奈はうんざりして立ちどまった。「本人はそうおっしゃっていませんでしたけど」

「そりゃあなたみたいな若い子の前なら、かっこつけたくもなる。あなたがどっかの喫茶店でやりこめたっていう作家、与縄さんだろ？」

「やりこめてはいませんけど。なぜそんなことを……」

「記事を読んだときピンときた。作家仲間のあいだで、奥さんと不仲といえば与縄さんだからね。あなたは探偵並みの謎解き力を発揮するって？　謎解きなんてさ、トリックを思いついてから、逆算して書くもんだろ？　ほんとに推理できるものなのかい？」

「……記事に大げさに書かれただけです」

「ぜひこの件も鮮やかに解決してほしいよ」麻淵は話したいだけ話すと、ひとり満足したようすで歩き去った。

あまり心地よくない空虚さが胸のうちに残る。李奈は茫然《ぼうぜん》とたたずんだ。ふと周りの視線に気づいた。李奈と目が合うと、誰もが顔をそむけた。

ノンフィクション本とあの記事のせいで、妙なことで同業者に知れ渡ってしまったらしい。頼りにされているわけではないだろう。羨望《せんぼう》のまなざしを向けられる理由もない。ただもの珍しがられているだけだ。

李奈はにわかにプレッシャーを感じだした。作家陣の役に立てなければ、失望を買うばかりだろうか。

「えー」社員が呼びかけた。「みなさまご着席ください。これより説明会を開催いたします」

正面には演壇が設けてあった。菊池ら顔馴染《かおなじ》みの編集者らが脇に控える。休日出勤には頭がさがる。演壇には見知らぬスーツが立った。白髪まじりで痩《や》せ細った身体つきの男性だった。

男性がおじぎをした。「法務部の池原《いけはら》です。えー、REN氏による一連の盗作疑惑といいますか、その件につきまして、弊社の顧問弁護士と協議の結果、みなさまのご著書の版元といたしまして、見解を述べさせていただきます」

法務部による見解には、特に耳新しいこともなかった。RENの小説に、文章そのものの盗用がないため、著作権侵害は認められにくい。しかしあまりに大勢の小説家から、オリジナリティのあるプロットやアイディアを模倣しているため、そのケースの多さを問題視していくしかない。作家陣による集団訴訟が望ましく、原告の人数も多ければ多いほど希望が持てる、池原はそう説明した。

パイプ椅子に座る作家らのなかで、頭の禿《は》げた中年男性が手を挙げた。「訴えを起こしたとして、勝算はどれぐらいあるんですか。損害賠償をぶんどれますか？」

「……えー」池原がたどたどしく応じた。「それがなんともいえないというところでして……。出版差し止めを求めるのか、あるいは相応の著作権料を受けとるとか、損害賠償……。いえ、これはですね、そのう」

「あまり売れてない私たちの本じゃ、たいして損害を被ってないだろうって？」

「いえいえ。あのう」池原は否定しておきながら話を逸《そ》らした。「弁護士によりますと、以下のような判例があるそうです。〝被上告人に特有の認識ないしアイディアであるとしても、その認識自体は著作権法上保護されるべき表現とはいえず、これと同じ認識を表明することが著作権法上禁止される謂《いわ》れはない〟」

ざわめきがひろがった。小説家のひとりが血相を変えた。「大量の盗用があきらかなのに、犯人はまったく咎《とが》められず、今後も盗み放題だというんですか」

池原はあわてたように声を張った。「どうかご静粛に。著作権で争えずとも、翻案権では争えます。みなさまの作品の本質的な特徴が盗用された以上、翻案権侵害の類似性の要件を満たしていると考えられるのです」

与縄がぼそりといった。「江差追分《えさしおいわけ》事件の判例があるのにですか」

ホール内が静まりかえった。みな怪訝《けげん》そうに与縄を見つめた。与縄はうつむいたままだった。

「……はあ」池原が困惑のいろを深めた。「よくご存じですね。ご説明申しあげます。木内宏《きうちひろし》著のノンフィクション『北の波濤に唄う』が、NHK番組のナレーションに無断で翻案された……。そんなケースが争われた裁判です」

昭和五十四年刊行『北の波濤に唄う』には、以下のような文章がある。〝その江差が、九月の二日間だけ、とつぜん幻のようにはなやかな一年の絶頂を迎える。日本じゅうの追分自慢を一堂に集めて、江差追分全国大会が開かれるのだ。〟

平成二年放送、NHKの『ほっかいどうスペシャル・遥かなるユーラシアの歌声――江差追分のルーツを求めて』のナレーションはこうだ。〝九月。その江差が、年にいちど、かつての賑《にぎ》わいをとり戻します。民謡、江差追分の全国大会が開かれるのです。大会の三日間、町は一気に活気づきます。〟

文章はまったくちがう。しかし江差町で〝最も賑わう〟のは八月、姥神《うばがみ》神社の夏祭りというのが、現実的な認識だという。江差追分全国大会だけが絶頂のように表現したのは、すなわち著者独自の視点であり、『北の波濤に唄う』の独創性でもある。なのにNHKの番組もそれと同じ表現をとった。実際に江差町の一年を取材したのではなく、『北の波濤に唄う』の内容を盗用したと考えられる。ナレーションは無断の翻案と解釈できる。そのような主張から、翻案権の侵害について争われた。

池原がいった。「第一審と控訴審は原告の訴えを認めました。しかしNHKの上告後、最高裁が破棄。原告の敗訴がきまりました」

ホール内のあちこちでため息が漏れた。そのとき社員のひとりが演壇に近づき、池原の手もとに書類を置いた。

法務部から資料が届いたらしい。まるで国会の答弁のように、池原が読みあげた。「最高裁判決。〝思想、感情もしくはアイディア、事実もしくは事件など表現それ自体でない部分、または表現上の創作性がない部分において、既存の言語の著作物と同一性を有するにすぎない著作物を創作する行為は、既存の著作物の翻案に当たらない〟」

小説家のひとりが嘆いた。「勝ち目はないじゃないか」

「いえ」池原が首を横に振った。「重要なのは東京地裁と東京高裁、最高裁で見解が分かれたことです。ノンフィクション本の表現ひとつにも、翻案権侵害が認められかけたのです」

麻淵が鼻を鳴らした。「世のなかこんな事例ばかりだな。法にひっかからなきゃパクっても平気、盗《ぬす》っ人《と》猛々《たけだけ》しいとはこのことだ。でもRENとグライト出版は度が過ぎてる」

池原がうなずいた。「まさしくそうです。その度を超した所業こそ、翻案権侵害の裏付けになりうるのです。みなさまがお力を合わせれば、訴えが認められる可能性はあると、弊社は考えます」

頭の禿げた小説家が池原にきいた。「私たちはどうすれば？」

「RENによるアイディアないしプロットの盗用について、具体的な証明となる根拠を、書き起こしていただけると助かります。曖昧《あいまい》さを残さず、明確であればあるほど望ましい。そのような例が多く集まれば、充分に戦えるというのが弁護士の意見です」

一同の表情が和らいだ。麻淵も周りと笑いあっている。李奈はふと与縄に注意を引かれた。与縄ひとりだけは視線を落としたままだ。

池原がまた発言を躊躇《ちゅうちょ》する態度をしめしだした。「えー……。選択肢はもうひとつございます。じつはグライト出版から提案がありまして、REN氏の盗作騒動にまつわる本すべてを……。みなさまの著作すべてと、REN氏の一連の著作ということですが、書店フェアにして売りだせないかと」

一同がどよめいた。麻淵が頓狂《とんきょう》な声を発した。「なんだと⁉　書店フェア？　つまりパクり本とパクられ本を、書店のワンコーナーでひとくくりにして売ろうってのか」

「このさいスキャンダルを利用し、本の売り上げにつながれば、お互いに収益があがるのではないかと……。ネットで騒動が話題になっているのはたしかであり、両者の本を読みくらべたいと思っている人々も多いでしょうから。いえ、これはグライト出版がそういっているのですが」

「突っぱねるべきだ」麻淵が身を乗りだした。「向こうがそんな提案をしてきた事実こそ、『週刊文春』にでも売るべきだろう」

賛成の声がこだまするなか、与縄の顔があがった。落ち着かない態度で周囲を見まわす。池原に対し、なにかいいたげなまなざしを向ける。

麻淵が指摘したとおりか。そもそも与縄の作品は、RENに盗まれていないのかもしれない。騒動に便乗し、自著への注目度を高めたい。それだけが望みなら、書店フェアは願ったりの状況といえる。

ほかにも同じ考えの小説家がいないともかぎらない。フリーランスの集まりのせいか、こういうときには一枚岩になりにくい。それぞれが自分の利益を追求し始めれば、団結は脆《もろ》くも崩れ去ってしまう。

池原がいった。「つきましてはみなさまのご意見をうかがいたく……。書店フェアに賛同のかた、おられますか」

与縄のそわそわした態度に、麻淵が気づいたようだ。冷やかな目を投げかける。誰も手を挙げないのを見て、与縄も断念したらしい。また黙って視線を落とした。

「では」池原がつづけた。「みなさま同一の方針ということでまちがいありませんね」

返事の声はなくとも、演壇を見つめる小説家らの顔が、明白な意志を物語る。うつむいているのは与縄ひとりだけだ。

「結構です」池原がうなずいた。「法務部が個別にご相談に応じます。書類を出口でお渡ししますので、受けとってからご退出ください」

一同が立ちあがる。李奈もそれに倣った。出口に向かいかけたとき、近くにいた中年ふたりが会話を始めた。ひとりがささやいた。「ワン・レイニーナイト・イン・トーキョー事件、知ってるか」

もうひとりがうなずいた。「メロディが一致してても、著作権侵害にならないって判例だろ。最悪だよな」

「ほんのワンフレーズだからだろう。岩崎宏美《ひろみ》が歌った『聖母《マドンナ》たちのララバイ』は、ハリウッド映画『ファイナル・カウントダウン』のエンディング曲にそっくりだよ」

「『聖母たちのララバイ』って『火サス』のエンディング曲だろ？『火曜サスペンス劇場』。どれぐらい似てる？」

「歌えるぐらいにだ」

「そんなにか……。裁判になったのか？」

「向こうの作曲家が、争う気満々で海を渡ってきたが、こっちは白旗だってさ。だから裁判の前に決着。もとの作曲家の名もクレジットされてる」

「裁判になってりゃ、そっちの判例のほうが『ワン・レイニーナイト・イン・トーキョー』より力を持っただろうに。惜しいな」

「でもあれはいい歌だよ」

出口付近では別の三人のグループが立ち話をしていた。ひとりが力説している。

「その数理科学論文は、著作権侵害を認められなかった。命題の解明過程や方程式は、著作権法上の著作物に当たらないってさ」

グループのひとりが仕方なさそうにぼやいた。「そりゃそうだろ。命題の解き方なり方程式なり、誰も利用できないとなったら、学問は発展しなくなる」

「たしかにそうなんだが、俺たちの小説と同じで、考えたほうにしてみれば不本意…

……」

ふいに怒号が響き渡った。「あんたなめてんのか！　書店フェアに賛成する気かよ！」

出口に集まっていた一行が振りかえる。李奈もホール内を振りかえった。

麻淵とその連れらしき数人が、与縄ひとりを取り囲んでいる。怒鳴ったのは麻淵だった。与縄は腰が引けたようすで立ち尽くしている。

「いや」与縄がおろおろと弁明した。「みんなが自由にすればいい。私は自分なりに考えたいといってるだけで……」

「RENはあんたの小説なんかパクっちゃいない！　書店で一緒に並べてもらおうとしたところで、グライト出版に断られるのがオチだ。でも向こうはつけあがるだろう。あんたみたいなのがいると迷惑なんだよ！」

KADOKAWAの社員らが割って入り、仲裁にかかる。なおも麻淵は与縄を口汚く罵《ののし》り、侮辱しつづけた。与縄が社員たちに出口へと連れだされていく。近くを通りかかったとき、与縄は李奈を一瞥《いちべつ》した。目が合ったとたん、気まずそうにうつむく。

与縄の背がエントランス方面へと消えていった。なおも鼻息の荒い麻淵だったが、役員らしきスーツが現れると、急に大人しくなった。ホール内には治安が戻りつつある。

菊池が歩み寄ってきた。「杉浦さん」

李奈は菊池を見つめた。「なんだか与縄さんに、悪いことしちゃったんじゃ……」

「ちがうよ」菊池は平然としていた。「与縄さんの新作の出版が流れた。あの不満げな態度はそのせいだ」

「流れた？」

「うちからの出版がね。おかげで仲直りしつつあった奥さんとの仲も、また険悪に」

それが本当だとすると、諸悪の根源は出版社ではないか。李奈は苛立《いらだ》ちをおぼえた。

「ごく少部数の初版でも、いままでは問題なくだしてきたんでしょう？　なのに……」

「担当が休職中だ。トラブルを起こす小説家とは仕事できない。上が判断してる」菊池が声をひそめた。「グライト出版の飯塚さんが、きみとの面会に応じた。きょうなら会えるといってる」

「きょう？」李奈は驚いた。「でも……」

「ああ。向こうも休日だ。だからこそ時間が作れるといってな。社外でしか話せないこともあるらしい」菊池は腕時計を眺めた。「悪いが急いでもらえないか。パレスホテル東京のラウンジ、午後一時の約束だ」

14

東西線《とうざいせん》で飯田橋駅から六分、大手町《おおてまち》駅から地下通路直結で、皇居に近いパレスホテル東京に着いた。

李奈はひとりで来た。菊池が忙しいとこぼしたからだ。会社員どうしの軋轢《あつれき》を生みたくないのだろう。小説家に責任を押しつける姿勢は納得しがたいが、盗用を訴えるかどうかは、李奈の意志にかかっている。版元は支援してくれるだけでしかない。

ホテルのラウンジとは、高級な喫茶店にすぎなかった。李奈は二十三歳にして、ようやく気圧《けお》されなくなってきた。一階のエントランスロビー脇、ガラス張りの吹き抜けの空間に、丸テーブルと肘掛《ひじか》け椅子が並んでいる。

飯塚はスーツ姿で、窓辺の席に座っていた。ハードカバーを読みふけっている。紀伊國屋書店のカバーがついていて、なんの本かはわからない。李奈が近づくと、その顔があがった。

「ああ」飯塚が向かいの席を勧めた。「時間どおりだね。どうぞ」

前とちがい、ずいぶん馴《な》れ馴《な》れしい態度をとる。出版業界にはこういう人が多いのだろうか。

「失礼します」李奈は着席した。近づいてきたウェイターにオーダーする。「ブレンドコーヒーをお願いします」

すると飯塚が本を閉じた。「遠慮しなくていい。ここのアフタヌーンティーは興味深いよ。和菓子が重箱に入ってくる」

一瞬だけ差しだされたメニューに、牛フィレステーキサンドウィッチのセットが一万円と書いてあった。李奈はあわてて首を横に振った。「コーヒーだけで……」

「謙虚だな。うちの経費で落とすのに」飯塚はウェイターが引き下がったのち、まっすぐ李奈を見つめてきた。「きょうKADOKAWAさんのほうで、法務部の説明会があったんだろ?」

「ええ。さっき終わりました」

「うちからの提案は伝えきいたかな」

「はい。でも……」

「なあ杉浦さん」飯塚は自分のコーヒーカップをスプーンでかき混ぜた。「スキャンダルなんて嫌な言葉だ。話題と呼ぶべきだよ。出版界なんてそもそも、世間にまるで注目されてない。直木賞と芥川《あくたがわ》賞ぐらいだ。それもクイズ研究会が受賞作の題名をおぼえるだけ」

「買って読む人間もいますよ」

「ほんとに？」飯塚は真顔のまま、妙におどけた態度をとった。「どこに？」

「目の前にひとり」

「変わってるな」飯塚がハードカバーをしめした。「これのほうが楽しめる」

「誰の本ですか？」

飯塚が書店のカバーを外した。表紙にはトウモロコシの絵があった。李奈は思わずため息をついた。杉浦李奈著『トウモロコシの粒は偶数』。

李奈のコーヒーが運ばれてきた。ウェイターに会釈をする。クリームをいれるが、かき混ぜたりはしない。いつもそうしている。

ウェイターが遠ざかったのち、李奈は飯塚にきいた。「お読みになるのは初めてではないですよね？」

「なぜ？」飯塚がとぼけた顔になった。「ああ、ひょっとして、俺がこれを読んでRENに薦めたと思ってるのか。それでRENが『サイレント・ラブ』を執筆する際、影響を受けたと」

影響。都合のいい言葉だった。李奈はささやいた。「ありていにいえば……」

「まて。なにをいいたいかはわかる」飯塚が身を乗りだした。「でも俺は小説の内容にはタッチしていない。RENが書いた原稿だ」

「……その本と『サイレント・ラブ』の類似性をお認めいただいたんでしょうか」

「なんともいえんな。ここにはきみの小説があるが、『サイレント・ラブ』と読みくらべてみないと。あっちの内容はもう忘れてるし」

「お忘れなんですか？　失礼ですが、担当編集者でいらっしゃるんですよね？　刊行されたのも最近でしょう」

「そうなんだが、ほら。彼は刊行点数が多いだろ？　月に二、三冊もだす。俺も校正者に丸投げしちまったりする。ほんとはよくないと思ってるが、なにしろ編集者はやたら忙しい。原稿やゲラを読む以外にも雑務に追われてる」

李奈は飯塚を見つめた。飯塚は居心地悪そうに視線を逸《そ》らしていたが、やがて本をテーブルに置いた。

「なあ」飯塚が真剣な顔になった。「うちは大手とちがう。RENを拾ったのは俺だが、まだ成功の確証はなかった。宣伝広告費を掻《か》き集めるため、上と交渉する毎日だった。それが実を結んだわけだが、ともかく執筆自体はRENにまかせた」

「RENさんの証言と食いちがってます。あなたがあらすじを考えたと」

「俺が？　いいや」飯塚は心外だという表情になった。ただしどこか過剰なリアクションで、ずいぶん芝居じみていた。弁明するように飯塚が告げてきた。「俺はおおまかな方向性を提示しただけだ。RENは次々に原稿を仕上げてきた。こりゃ本物の天才だと舌を巻いた」

「おおまかな方向性というと、どんな感じで……？」

「たとえばこの……。いや、これじゃなくて、RENの『サイレント・ラブ』だ。ミステリに恋愛を絡めるのは、RENの得意分野だから当然ありとして、今度は食べ物を中心に据えられないかときいた。グルメも大衆の関心を呼ぶだろ？　特定の食材がでてくるだけじゃなくて、謎解きに関わるようにしてくれと頼んだ」

「それだけで『サイレント・ラブ』が書きあがってきたんですか？」

「そうだよ」

「『トウモロコシの粒は偶数』は、いま初めてお読みに？」

「ああ」

「どう思われましたか」

飯塚は口ごもった。「世間というか、きみたちが問題視してる理由は、おおよそ見当がついた。同じようなアイディアやストーリー展開……」

「登場人物」

「そうだな、登場人物も」

「時代背景、設定、テーマ、場面転換も……」

「まった。主張はわかる。しかし物語ってのは、だいたいの雛形《ひながた》があるだろ。意図せず似てしまうこともありうる。ゴマンと小説があれば、そのなかの二作が偶然、共通した内容になったりもする」

やはりそんな言いぐさか。李奈は半ばあきれながらたずねた。「RENさんが『HAPPY～ルミの生涯～』を書く前には、どんな指示をなさったんですか」

「ええと、あれは……。消防隊員の青年の活躍と、淡い恋物語を両立させてくれと。そんなとこだったと思う」

「曽埜田璋さんの『緋衣草』をご存じですよね」

「誰のなに？」

「『HAPPY～ルミの生涯～』の原本として、ネット上で題名があがってます」

「噂までは把握してないんだ。訴状に挙がってる本の題名ぐらいしか知らん」飯塚は胸ポケットから金のボールペンを引き抜いた。いかにもブランド物っぽい、悪趣味なぐらいの輝きを放つ筆記具だった。「なんだって？　曽埜田……」

「璋さんの『緋衣草』」

飯塚は紀伊國屋書店のカバーにペンを走らせた。『緋衣草』と。あとで読んでみるよ」

「すごいボールペンですね」

「RENの贈り物だ。二度目のミリオンセラーを記録したとき、記念にくれた。会うたびインクの残量を気にしてくれる。いちいち手にとって振ったりするんだよ」飯塚はペンをポケットに戻した。「それで世間は『HAPPY～ルミの生涯～』のどこをとらえて、この『緋衣草』と共通してると？」

「なにもかもです。終盤でヒロインが墓に手向ける花は、緋衣草でなきゃいけません。RENさんはカーネーションを遺影に添えるという場面に書き換えました。あれでは意味がなくなります」

「意味？」

「緋衣草の学名はサルビア・スプレンデンス。サルビアの語源はラテン語の救済です。レスキュー部隊の恋人に捧《ささ》げてるんです。花言葉が〝わたしの心は燃えている〟。この台詞《せりふ》は途中でヒロインが口にします。RENさんは微妙に変えてますけど」

「カーネーションじゃ無意味になるって?」

「『緋衣草』が原本だった証《あかし》です。RENさんは、作中に示唆されているテーマまで汲《く》みとれず、表層の設定のみを変更してしまった。あなたの指図かもしれませんけど」

「ちがうといってるだろう」

「でもいま、本音ではどう思われていますか」

「本音か。正直なところ、文芸には詳しくなかった。似てしまったものは仕方がない。今後はあらぬ疑いをかけられぬよう、できるだけ注意する」

他人《ひと》ごとのような口ぶりだ。李奈のなかで苛立《いらだ》ちが募った。「RENさんをデビューさせたのはあなたでしょう」

「たしかに声をかけた。SNSにメールを送ったんだ。本をださないかってな」

「なんらかの才能を見抜いたんでしょうか。それとも……」

「こいつなら従順にいうことをきいてくれそうだって? いや。『小説家になろう』以外の投稿サイトも含め、上位から順に声をかけていったんだよ。REN以外にも何人かの作品を書籍化した。そんななか、俺の要請を反映した二作目を、いち早く書きあげたのがRENだった」

　ＲＥＮ作のオリジナル小説が出版されたのは一作目だけだ。二作目にはもう盗用の噂がある。李奈はコーヒーに目を落とした。「ＲＥＮさんひとりの才能を評価して、抜擢《ばってき》したわけじゃなかったんですね」

「うちは親会社の医療機器製造販売が好調でね。もともと税金対策のために出版事業を始めた。お堅いビジネス本や健康指南本ばかりだしてたが、文芸もやろうってことになった。金をかけて大量に宣伝すれば、ヒットさせられるんじゃないかと誰かがいった」

「そこだけはうらやましい話です」

「いまにして思えばビギナーズ・ラックかな。社内の誰も文芸に精通していなかったから、かえって無茶が通った」

「でもいまや裁判沙汰《ざた》ですけど」

「大きく儲《もう》かりゃトラブルも増える。うちはそのていどの認識だ」

「本心ですか」

「そう怖い顔をするな。きみは以前にテレビで見かけたころより、肝が据わってきたみたいだな。よければうちでだすといい」

「無理です」李奈は即答した。「書店フェアのご提案以上に受けいれられません」

「なぜ書店フェアが駄目だ？　ひとまず感情論は置いといて、せっかく世間の話題になったんだぞ。双方の本がワンコーナーに並ぶだけでも売れ行きが変わってくる。なんだプロレスみたいなものだったのかと、読者たちも面白がってくれる」

「グライト出版さんはそれを望んでると思いますが、わたしたちはプロレスっぽさに落としこまれるのを警戒しています。むしろ真剣さを世間に伝えなきゃと思ってるんです」

「案外頑固だな。きみならわかってくれると思ったが。うちでだせば印税十二パーセント、初版五万部を保証するよ」

李奈のレベルからすれば途方もない数字だ。それでも了承できるはずがない。李奈はいった。「お断りします。飯塚さん。RENさんを交え、三人で会うわけにいきませんか」

「ビジネスパートナーになるならともかく、裁判で敵どうしになる前提なら、そうもいかんよ」飯塚が伝票を手にとり、ふいに腰を浮かせた。「話せてよかった」

「どうも……」李奈も立ちあがらざるをえなかった。

「じゃ、これで」飯塚がさっさとレジに向かっていく。ウェイターが飯塚を押しとどめ、お会計はテーブルで、そういった。だが飯塚は、レジで払うと押し切った。

李奈はラウンジから退出しようとした。どうやら飯塚は李奈を味方に引きこみたかったらしい。くだけた口調も、このラウンジを待ち合わせ場所にしたのも、懐柔のためだろう。逆効果だった。李奈のなかには不快感だけが残った。

歩きだしたとき、李奈のスマホが振動した。とりだして画面を見る。メールの着信があった。

杉浦李奈様

残すところ日曜と月曜です。グライト出版の飯塚氏と茶をしばいている暇などありません。

単なる回答だけでなく、しっかりした裏付けを求めます。納得できなければ親しい人の命が危険に晒《さら》されます。

佐田千重子

李奈は息を吞《の》んだ。反射的にレジを眺める。飯塚が会計を進めていた。スマホをいじっているようすはない。周りのテーブルにも目を向ける。男性がこちらを見ていた。まったく馴染《なじ》みのない顔だ。しばらく見かえしていると、男性の視線が逸《そ》れた。それ以上の関心はしめしてこない。男性の手もとにスマホはないようだ。

飯塚がこちらに向き直るより早く、李奈は歩を速め、ラウンジをあとにした。ロビーのあらゆる目が不審に感じられてくる。ひょっとして外からガラス越しに監視する者がいたのだろうか。皇居の濠《ほり》の周りを、大勢の観光客が散策している。怪しい人物を特定するのは難しい。

エントランスをでたとき、ふとひとつの可能性が頭に浮かんだ。壁際に立ちどまりスマホを操作する。ネットブラウザの検索窓に打ちこんだ。〝ミステリ　恋愛　特定の食材が謎解きに関わる〟。

検索結果のトップに表示されたのは、REN著『サイレント・ラブ』。次いで杉浦李奈著『トウモロコシの粒は偶数』。どちらもネット書店の販売ページだった。

ふたたび検索窓に戻り、新たなワードを打ちこむ。〝消防隊員の青年の活躍　淡い恋物語〟。

今度のトップはREN著『HAPPY～ルミの生涯～』。次点が曽埜田璋著『緋衣草』だった。

胸のなかに暗雲が垂れこめる。飯塚がRENに要請したという内容を、そのまま検索にかけると、李奈や曽埜田の本がでてくる。RENが盗用した小説を書く前は、それぞれが検索のトップだったのだろう。曽埜田の『緋衣草』の主人公は、消防隊員ではなくレスキュー隊員だが、類似する内容として検索結果にでた。

ロビーを飯塚がこちらに歩いてくる。李奈は車寄せから歩道へと急いだ。地下鉄の駅への階段を下っていく。

飯塚からあらすじを伝えられた、RENはそう主張した。それに対し飯塚は、おおまかな方向性を提示しただけだという。その〝おおまかな方向性〟を検索にかけると、李奈と曽埜田の本に行き当たった。RENが飯塚の要請どおりに検索し、トップに表示された小説を盗用した可能性もある。すなわち飯塚の言いぶんも否定できない。

ひたすら階段を下った。心が追い詰められている。目の前にふたつの問題が立ちはだかる。ひとつについては、裁判がほぼ不可避の状況となった。もうひとつの問題はこれからだ。佐田千重子を名乗る者の脅迫への対処。シンデレラの原典など炙《あぶ》りだせるだろうか。

15

日が暮れた。李奈は公益法人・国際文学研究協会事務局、書架の部屋に籠《こ》もっていた。

スマホで美和夕子事務局長に電話し、資料を閲覧できないかと頼んだ。親切な夕子が、みずから鍵《かぎ》を開けに来てくれた。廊下は消灯しているが、この室内だけは明るく照らしだされている。テーブルの上に本を山積みにしつつ、李奈はノートにペンを走らせた。

夕子が数冊の本を新たに運んできた。「ほかに参考になるのは、このあたりの本かしら。東ローマ帝国のテオドラ皇妃に関する文献。実在の人物だけど、エジプトの遊《ロド》女《ピス》の話に似た人生を送ってる」

「ありがとうございます」李奈はおじぎをした。「こっちに目を通してから読みますので」

「どう？」夕子はテーブルの脇に立った。「なにか目星がついた？」

思わずため息が漏れる。李奈は世界地図のコピーをしめした。蛍光ペンでびっしり書きこんでいる。「ドイツのグリム童話は一八一二年。ペローはそれより早く、一六九五年に『サンドリヨン』を書いてます。バジーレは一六三〇年代半ば。イタリア、フランス、ドイツと伝わったのはまちがいないですよね」

「ええ。ならバジーレの発想の原点は、シチリア島パレルモに伝わる民話でしょ。

『なつめ椰子と美しいなつめ椰子』っていうシンデレラっぽい話が、バジーレのいる南イタリアに影響をあたえた」

「中東には『薔薇姫』という昔話が伝わっています。シンデレラ譚《たん》につながるファンタジー要素が多く含まれていますよね。『なつめ椰子と美しいなつめ椰子』には『薔薇姫』の影響が感じられます」

「そうすると、それ以前は中東に近いアフリカ大陸北部。原型は結局、エジプトの遊《ロド》女《ピス》の話……」

「そこに行き着くしかないんでしょうか」

「中国や日本の発祥もありうると思ったんでしょ？　そっちはあたってみた？」

「ええ。でも……。日中韓やベトナム、ミャンマーあたりのシンデレラ譚は、時代の特定が難しいですね」

作者不詳の『落窪物語』は、シンデレラにそっくりの物語のひとつだった。中納言《ちゅうなごん》源忠頼《みなもとのただより》の美しい娘は、母と死別したのち、継母《ままはは》のもとで暮らすことになった。しかし継母から冷遇され、寝殿の隅、畳が落ち窪《くぼ》んだ陋屋《ろうおく》に住まわされる。このため〝落窪の姫君〟と呼ばれ、いじめられるようになった。このくだりは、グリム作のヒロインが〝灰かぶり姫〟と呼ばれる展開に似ている。

落窪の姫君は、貴公子である左近《さこん》の少将道頼《しょうしょうみちより》に見初められる。継母は姫君を納戸に幽閉し、貧民のもとに嫁がせようとする。だが道頼が姫君を救出し、ふたりは幸せに結ばれる。継母には復讐《ふくしゅう》の鉄槌《てっつい》が下される。

この物語は全四巻からなる。源 順《したごう》や源相方《すけかた》が書いたという説や、清少納言《せいしょうなごん》が巻四を書き加えたという説もある。『枕草子』でも言及されている物語だ。『源氏物語』よりも前、十世紀ごろに書かれたと考えるべきだろう。中国の『葉限《イエ・シエン》』は、九世紀の作品とされるため、両者のみをくらべれば中国から伝播《でんぱ》したことになる。しかし『米福粟福』などの伝承も無視できない。ベトナムの『タムとカム』は極端に古く、紀元前四世紀ぐらいとされる。

夕子がいった。「わたしはやっぱりチベットから伝わったと思う。チベットの民話『奴隷の娘』は、牛が助けてくれるでしょ。韓国の話に影響をあたえてる。庸西というヒロインの足に、靴がぴったり合って、王子と結婚してハッピーエンドだし」

否定はしきれない。李奈は世界地図を指でなぞった。「インドにはハンチという美しい娘がでてくる民話がありますけど、あらすじは似ていても、細部はかなりシンデレラから離れています。でも同時期に『アイシャ』という話があって、こっちには継母もでてくるし、靴が合うラストもある」

「ペルシャの民話もそうよね。冒頭はバジーレ版に似てる。ヒロインのファティマは女教師にだまされ、母親を殺害してしまう。女教師は継母になり、ファティマを冷遇する」

「でもファティマは亡くなった母の化身である牛に助けられる」李奈はテーブル上の文献を拾い読みした。「ファティマは山姥《やまんば》と知り合い、親切にしたおかげで、恩がえしに美しくしてもらう。継母は嫉妬《しっと》し、牛を食べてしまう。たしかにアジア各地のシンデレラ譚に影響をあたえてるかも……」

「でしょ?」夕子は老眼鏡をかけ、文献に目を落とした。「継母と実娘が着飾って婚礼にでかけ、ファティマは仕事を命じられて居残り。でも鶏が現れて仕事を済ませてくれる。家畜小屋に綺麗《きれい》なドレスが出現し、ファティマはそれを着て婚礼にでかける。ところが継母の実娘に見つかり、逃げようとして片方の靴を落としていく」

王子が靴の持ち主を捜し、ファティマの足にぴたりと合う。ふたりは幸せに結婚。継母と実娘は悔しさのあまり死ぬ。ほぼ完全なシンデレラ譚と、アジア各地の民話への橋渡し的な内容に思える。

李奈はいった。「オマーンに伝わる、アリーヤという女性のシンデレラ譚は、たぶんファティマの話より古いような気がします」

「そっちにも継母と靴の要素はあるけど、牛はでてこない。やはり中東からアジアへと伝わる過程で、ペルシャやチベットで神聖な牛が加わった。そういう順序じゃない？」

逆方向に伝播した可能性を捨てきれない。その場合は地域の風習を反映し、牛の設定が削除されたのかもしれない。たとえばファティマの物語では、美しくなったヒロインの顔に、月や星のしるしが浮かびあがる。イスラムにおける聖なる象徴だからだ。伝承とはそのように土着の風俗を反映し、設定が現れたり消えたりするものだろう。

「でも」夕子が腕組みをした。「オマーンの民話が『アラビアン・ナイト』の『足飾り』より古いとは思えない」

「そうなんです」李奈は別の文献のページを繰った。「『足飾り』の物語は、ずいぶんむかしの記録にも残ってるんですね」

「中世の中東からアジアに伝わってきたとすれば、やはりそれ以前の遊女《ロドピス》の話が発祥……」

「文献に記録された範囲内ではそうです。執筆者もそれぞれの地元で、伝承に触れたのでしょう。でもずっとむかしから言い伝えがあり、時代が下ってから書いた可能性も否定できません」

「伝播した道筋は不明瞭《ふめいりょう》で、はっきりたどれない……。エジプトに発祥し、ヨーロッパに伝わったか、中東からアジアへと伝わったか。おおざっぱにそれぐらいの推量ができるだけです」

「で結論は？」

「それで充分じゃない？　千重子さんを励ますためだけに、もっと詳しい調査が必要なの？」

李奈がシンデレラの原典を知りたがっている、本当の理由を夕子は知らない。佐田千重子を名乗る何者かによる脅迫。残すところ二日しかなかった。

単なる回答だけでなく、しっかりした裏付けを求めます。きょう受信した脅迫メールにはそうあった。遊女《ロドピス》の物語が原典だと伝えるだけでは、脅迫者が納得しない恐れがある。理不尽だが、すべてをジャッジする権限は、脅迫者だけが握っている。

しっかりした裏付け。すなわち論文のように、学術的に認められるレベルの証明ということだろうか。シンデレラの原典について、果たしてそれだけのロジックを構築できるのか。

「美和さん」李奈は夕子を見上げた。「シンデレラ譚のルーツを探る研究、これまでにおこなわれていないんでしょうか」

「アールネとトンプソンのタイプ・インデックスを知ってる？」

「あー。はい」李奈は応じた。「文献があったから読みました。でも充分じゃないっていうか……」

アールネとトンプソンのタイプ・インデックスとは、世界各地に伝わる昔話を、タイプ別に体系化した資料のことだ。アンティ・アールネが編纂《へんさん》、スティス・トンプソンが増補し改訂したことから、そのように呼ばれている。AT分類とも略される。物語の類型ごとに、AT番号なる識別用番号が割り当てられ、索引や目録に区分してある。『シンデレラ』はAT分類の510a番。300から1199番の大カテゴリ〝本格昔話〟のなかで、300から749番の中カテゴリ〝魔法の話〟内、500から559番の小カテゴリ〝超自然現象の援助者〟中に分類される。

体系別の研究としては興味深いものの、それぞれの物語の発祥については明白でない。李奈は夕子にうったえた。「書かれた時代を科学的に立証する方法を知りたいんです。学界でエビデンスになりうるぐらいの」

「エビデンス？　理系とちがって、人文学系の研究は具体的な証明が難しいんだけどね。でも方法はある。文学を対象にしたテキストマイニング」

「テキストマイニング……」

「三年前、文学テキストマイニングの国際標準が定められてね。日本では株式会社TDIが、世界に通用するデータ解析結果を算出してる。国際文学研究協会も、TDI社に分析を外注することがあるの」

文章をデータとしてとらえ、単語や文節の出現頻度と共出現の相関、出現傾向や時系列などを解析することで、読んだだけではわからない情報を解明する。それがテキストマイニングという分析方法だという。

従来のデータマイニングは文章を対象とせず、あくまで蓄積された数値的データの分析を目的としてきた。統計学やパターン認識、人工知能などのデータ解析法を用い、大量のデータに隠された意味を読みとる。

たとえば書店において、本の販売データを網羅的にチェックし、顧客の相関ルールをみいだす。金子《かねこ》みすゞの詩集を買う人に、システム手帳を買いがちな傾向がみられるという、理屈では考えもつかない相関ルールを解明する。これにより書店は、金子みすゞの詩集とシステム手帳を同じ商品棚に置き、売り上げを伸ばすことが可能になる。

夕子がいった。「テキストマイニングツールも、単純ベイズ分類器や決定木、サポートベクターマシンのようなパターン認識モデルに基づき、クラス分類を可能にする。

文章や文体から著者、時代背景、歴史的環境の影響を詳細に解析するの。それに回帰分析。わかる？」

ついていくのに必死だった。李奈はききかじった言葉を口にした。「ロジスティック回帰とかですか？」

「そう。さまざまな統計的回帰モデルを駆使し、たとえば同一著者の文章かどうかを判別できるの。ほかにも別の文学作品からの影響の度合いを、実数値に換算可能。クラスタリングで相似性を持つ表現別に区分すれば、総合的にどの国の誰によって書かれたか、相互にどう影響しあったかが、高確率で解析される」

あまりよくわからないものの、李奈はいろめき立った。「さっき国際標準とおっしゃいましたよね？　基準になってるってことは、科学的エビデンスとして成立するわけですか？」

「もちろん。そのために確立されたデータ基準なんだし、現に海外の論文に根拠として用いられてる」

「テキストマイニングによる分析で、文学作品どうしの相関関係が解明されるなら……。世界じゅうのシンデレラ物語について、どれがどれに影響をあたえたかもわかりそうですよね？　最も古い物も証明できそう」

「そこなんだけど」夕子の表情が曇りだした。「いくつか問題があるの。まず文学対象のテキストマイニングは、自然言語処理でコンピューター専用言語に翻訳したのち、形態素解析をおこなう。こうしないと、さまざまな言語で書かれた文学を一律に調べられない。TDI社も作業に慎重を期すといってる。時間がかかるかも」

「そこをなんとか急いでもらえないでしょうか」

「急ぐってどれぐらい？」

「週明けの月曜までとか……」

「あと二日？　論外でしょ」夕子が椅子を引き、隣に座った。「もうひとつの問題はね、文学テキストマイニングツールが一冊ないし、せいぜい数冊の解析用に開発されてる点。今回は大量の物語について網羅的に解明するつもりでしょ？　データを読みこませるだけでも、かなり時間がかかる」

「どうすれば早くできますか？」

「そうね……。たとえば『シンデレラ物語』のうち、代表的な文献を百選んで、文章すべてをデータ化しておく。日本語の訳文では単語の境界判別が困難だし、文法の揺らぎも大きいから、すべて原文もしくは英語訳をサンプルにする。ネット上にテキストがあればいいけど、なくても書籍からスキャニングする」

「印刷された活字をスキャニングすると、読み取りエラーも随所に生じますよね」

「それらは手作業で直さなきゃいけない。データ化が完了したら、それぞれのサンプルの背景を適切な書式でまとめ、分類の第一歩とする」

「記入用の書類はきめられてるんですか」

「ええ。ネットでダウンロードできるけど、英語で書かなきゃならないし、内容もなおざりであってはならない。客観的に立証可能なファクトのみを、さだめられた文法と限定された単語で綴《つづ》る。この時点でミスがあると、データ解析結果がエビデンスとしては不備とみなされる」

「そこまでの作業をこっちでやっておけば、テキストマイニングの作業も早まりますか？」

「英訳した本文も、文学テキストマイニング用の標準文体に変換するソフトを通さないと……。それで一律に比較可能になるの。そこはちょっとマニュアルを読まないと、やり方がわからない」

「大変なんですね……」

「そりゃもう大変な作業になるけど……。悪いけどわたしは家に帰らなきゃいけないし、あなたひとりが見よう見まねで始めて、こなしきれるかどうか」

「でもサンプルを百にかぎれば、なんとかなりませんか？」

「まあ徹夜で月曜の朝まで頑張る気なら……。サンプルの抽出も公平かつ公正でなきゃいけないし、いささかの偏りもあってはならない。テキストマイニング以前にも科学的な視点が求められるの」

「努力してみます」

夕子がため息をついた。「問題の最後のひとつは、より現実的。TDI社に払う費用」

ふいに意気消沈せざるをえない。李奈は落胆の声を漏らした。「ああ……」

「でも」夕子の顔に微笑が浮かんだ。「希望がなくはない。TDI社は研究価値のある依頼内容なら、自社の大幅負担で作業を進めてくれるの。解析結果がTDI社にも帰属するという条件つきになるけど、うちもそれでよく助かってるし」

李奈の心は一転して弾んだ。「そうなる可能性はありますか」

「シンデレラの原典を探るというのは、興味深い課題だし、おおいにありうるでしょう。むろん無料にはならないけど、常識的な金額なら、国際文学研究協会の予算から払えるかも」

「ほんとですか」

「ええ。千重子さんのためを思えば、それぐらいしても悪くない気がする」

夕子は事務局で鹿丸千重子を攻撃対象にしていたことに、多少なりとも罪悪感があるらしい。これを罪滅ぼしの機会ととらえているのかもしれない。李奈にとっては、佐田千重子による脅迫への対処、それ以外のなにものでもなかった。

国際標準として認められる、文学テキストマイニングツールによる解析。シンデレラの原典が科学的に割りだされ、その根拠まで揃えば、脅迫者と渡り合える可能性もでてきた。

「やります」李奈は夕子を見つめた。「月曜の朝まで、ここの書架をお借りしていいですか。どうあっても早急に結論をだしたいので」

16

気づけば窓の外が明るくなっていた。李奈はひとりだけで事務局に居残り、書架とテーブルのあいだを往復しつづけた。

部外者の李奈が、施設を自由に使えるだけでも驚きだった。昨夜のうちに帰っていった夕子によれば、研究者の徹夜は頻繁にあるらしい。夕子はいった。暫定的な協会員という扱いで許可しているから、これが終わったら正式に入会して。李奈は笑いながら、自分でよければ、そう答えた。

和やかな雰囲気はそれまでだった。ひとりになってからは地獄がまっていた。

サンプルとすべき百篇は、なんとか夜半過ぎまでに選出した。世界じゅうの有名どころの『シンデレラ物語』を網羅してある。AT分類を参考にしながら、地域や時代にも偏りが生じないよう気を配った。

さすが国際文学研究協会の書架、各国の言語での書籍が取り揃えられていた。十七篇が不足していたものの、短編ということもあり、当該国のネット上で全文が公開されていた。現代の文法に改められている作品は、その旨注釈がついていたため、李奈の手で当時の表現に戻した。現地語の辞書を参照しながらの作業だった。

書架にあった本のページをスキャナーにかけたところ、あちこちが〝■〟となって抜けてしまった。やはり読み取りエラーが頻出した。本文と照合しながら、これも手作業で直していく。想像以上に時間を食った。

問題はそれだけではない。読み取り自体を誤り、別の文字に変わっている箇所も多くある。文学的な言いまわしや口語、古語や古来の表現が多出するため、綴りの自動チェック機能もあてにならない。結局、日本語でない文学にもかかわらず、全文を校正せねばならなくなった。外国語が読みこなせるわけではない。ただ原文とデータ化された文章を読みくらべ、まちがいを探すばかりでしかない。モニターを見つめるうち、視野が霞《かす》みがちになってきた。キーボードに這《は》わせた両手の指も、感覚が鈍化しつつある。

並行して書類百枚の作成もあった。これも現地語と英語の辞書を参照しつつ、悪戦苦闘するしかなかった。判明している原題と著述者名、掲載書籍情報、発表年月日。国籍や地域の表記にも一定のルールがある。ここにもAT分類を明記せねばならない。完了した書類はまだ十枚に満たない。

文学テキストマイニング用の標準文体への自動変換にも、かなりの時間がかかるとわかった。そのあいだも無駄には過ごせない。

李奈は別のパソコンをいじり、秋葉原《あきはばら》のテーヨー電器なる店の通販サイトを閲覧した。いかがわしいアイテムの販売業者として知られているが、めあての物はすぐに見つかった。

ほかにスマホの最新アプリも調べた。メール送受信アプリにも機能が次々と追加されている。いまではもうこんなこともできるのかと舌を巻いた。送信者のIPを完全に隠匿することも可能だ。佐田千重子の正体は、メールからはたどれないかもしれない。

時間の経過が恐ろしく速い。一時間が十分ていどに感じられる。ふと壁の時計を見ると、時針と分針がいずれも真上を向いていた。思考が鈍い。夜中か昼間かさえわからなくなる。窓明かりを意識し、ようやく正午だと気づく。

李奈は愕然《がくぜん》とした。作業は遅々として進まない。このままでは間に合わない。

ノックの音が響いた。李奈ははっとした。廊下に面したドアを見つめる。きょう協会事務局は休みで、訪ねる者は誰もいない、夕子がそう話していたはずだ。

李奈は立ちあがり、怖々とドアに歩み寄った。内側から施錠してある。うわずった声でドア越しにきいた。「どちら様ですか」

優佳の声が応じた。「わたし」

驚きとともに解錠する。開いたドアの向こうに優佳が立っていた。ノートパソコンを小脇に抱え、両手にコンビニ袋を提げている。満面の笑みで優佳がいった。「はかどってる？　差し入れ持ってきた」

「なんでここが……」

「菊池さんにメールしたでしょ、国際文学研究協会でお世話になってるって」優佳が入室してきた。「へえ。図書室みたいな部屋」

廊下にはもうひとり訪問者がいた。曽埜田が松葉杖《まつばづえ》を突きながら立っている。ギプスで固めた左腕を吊《つ》っていた。

李奈はなにもいえず立ち尽くした。曽埜田は澄まし顔だったが、わずかに当惑のいろをのぞかせ、視線を逸《そ》らした。

優佳がテーブルの上にコンビニ袋を置くと、李奈を振りかえった。「曽埜田さんには話しておいたから」

戸惑いが深まる。李奈は口ごもったまま、茫然《ぼうぜん》と曽埜田を眺めた。

曽埜田が目を合わせずにつぶやいた。「早く座りたいんだけど」

「あ」李奈はドアを大きく開け放った。「ごめんなさい……」

手を貸そうとしたが、曽埜田は松葉杖を突き、さっさと部屋に入っていった。

李奈はあわてぎみに追いかけ、テーブルの椅子をひとつ引いた。曽埜田が黙ってそこに腰かけた。

気まずい沈黙が生じる。李奈はどう話しかけるべきか迷った。「曽埜田さん。あのう……」

曽埜田はため息をつき、テーブルの上の書類に手を伸ばした。一枚をとりあげ、ぼそりといった。「バルドメロ・レイノソ著『リンド』。インカ帝国に伝わる、シンデレラに似た物語を綴《つづ》った短編だな」

「……知ってるんですか?」

「世界の民話を集めた本で読んだ。岩波書店刊だったかな。シンデレラ譚《たん》を学術的な資料にまとめてるとか?」

「TDI社に提出する文学テキストマイニング用の添付書類で……。百篇のサンプルについて、きちんと分類を綴っておかないと、データの取り込みも始められないらしくて」

優佳は上蓋《うわぶた》が開けっぱなしのスキャナーに目をとめた。「もしかして百篇の本文をすべてデータ化するの? 文字を正確に認識しない場合もあるでしょ?」

察しがいい。李奈はため息をついた。「当たり」

曽埜田が書類をテーブルに戻した。「スキャナーへの行き来は那覇さんにまかせるよ。歩くのが苦痛じゃないだろうし。僕はここに積まれた本について、書類への記入を手伝う」

李奈は困惑をおぼえながらささやいた。「あのう……」

「いいから」曽埜田が穏やかにいった。「手伝いたくて来たんだよ」

優佳も笑顔を向けてきた。「そう。曽埜田さんとふたりでラインしてるうちに、やっぱり行こうって話になって」

「だけど」李奈は優佳に問いかけた。「新作の執筆は？」

「ここで書くよ。李奈を手伝いながら」優佳はノートパソコンをテーブルの上で開いた。コンビニ袋からパンやペットボトルの飲料をとりだす。「まずは腹ごしらえ。もうお昼でしょ？　李奈はなにも食べてないんじゃなくて？」

李奈は言葉を失った。せつなさに胸を締めつけられる。気づけば視界がぼやけだしていた。涙を堪《こら》えようとしても溢《あふ》れてくる。

曽埜田は以前と変わらない物言いで告げてきた。「まずは食べよう。三十分ぐらい休憩しても、どうってことないよ」

「ありがとう、曽埜田さん。迷惑かけて本当にごめんなさい」

すっかり表情の和んだ曽埜田が、サンドウィッチのひと包みを差しだした。「杉浦さんはハムサンド好き？」

「大好きです」ようやく笑えた、李奈はそう自覚した。テーブルに歩み寄りながら優佳に目を移す。「ほんとは外出しないでほしかった。危険だし」

「襲撃を恐れて部屋に籠《こ》もってたら、死体で見つかるってのがミステリのパターンじゃん？　尾行されないように気をつけたからだいじょうぶ。現実では本職の探偵も、しょっちゅう尾行を撒《ま》かれてるらしいし」

三人は控えめに笑いあった。テーブルを囲みランチをとる。心強さを感じた。孤独の解消が、こんなに安らぎにつながるとは思わなかった。

「杉浦さん」曽埜田が見つめてきた。「文学テキストマイニングって、要するにAIのツール頼みだろ？　それでシンデレラの原典がわかりそうなのか？」

なんともいえない。だがほかに方法はなかった。李奈は信念とともにいった。「世界の学会が指標とするデータ分析だから……」

「それ、RENの小説を解析したら、パクりを証明できないのかな」

「ああ……。たしかに」

英訳の必要はあるだろうが、たしかに学術的な権威性がある解析なら、法廷の証拠に使えるかもしれない。RENは登場人物の固有名詞を変えたり、性別を入れ替えたりしているだけだ。作家の集団訴訟が実現するなら提案してみるべきだろう。

文学テキストマイニング。その解析法を知っただけでも、無駄ではなかった。そう信じたい。李奈はささやいた。「次につながる希望が見えてきた」

自分の頭で推論を組み立てるのではなく、AIの解析に頼りきるとは、どこか歯痒《はがゆ》い。これが人間の限界かもしれない。しかしそれでも答えにたどり着きたかった。暗《あん》中模索《ちゅうもさく》のままでは脅迫者に対抗できない。

17

この場所を借りてから、李奈はふた晩目の徹夜に突入した。優佳や曽埜田と談笑しあうこともなくなり、三人はただ黙々と作業に従事した。

単純に仕事をこなせばいいというレベルではない。ひとつのミスも許されないからだ。書類やデータに誤りがあれば、文学テキストマイニングツールが作成する解析結果も、信用不可の烙印《らくいん》を押されかねない。やり直している時間もありはしない。明日、月曜というデッドラインは、けっして越えられなかった。

李奈はパソコンのモニター上で英文を校正しながら、頭の片隅で考えた。脅迫者は明日のいつをタイムリミットにさだめる気だろう。朝一に回答を求められたのでは、とうてい間に合わない。かといって深夜の十一時五十九分までまってくれるほど、寛大とも考えにくい。

優佳がスキャナーを操作しつつ話しかけてきた。「李奈」

「なに？」

「メールの差出人……。〝佐田千重子〟を名乗ってるけど、そのシンデレラマニアの鹿丸千重子さんと、なにか関係があんの？」

「たぶん脅迫者は週刊誌の記事を見て、〝千重子さん〟なるおばあさんに疑いの目を向けさせようとした……。そんなとこじゃないかな」

「あー。まるで関係のない第三者を疑わせておけば、李奈がもし通報したとしても……。少なくとも月曜までには、捜査の手が脅迫者におよばないって？」

「そう。シンデレラの原典について答えを得たら、以降は雲隠れ。それが脅迫者の腹づもりかも」

「なんでそんなに『シンデレラ物語』のルーツが知りたいんだろね」

曽埜田はテーブルの一角で書類を記入していた。「おそらく脅迫者は〝千重子さん〟について、ネットで検索したんだろうな。素性を知ろうとして」

李奈はうなずいた。「〝千重子　シンデレラ〟みたいに検索ワードを入力したんでしょう。でも検索結果は『古都』のシンデレラ的なヒロイン、佐田千重子ぐらいだった。鹿丸千重子さんの名は見つからず。脅迫者は結局、佐田千重子の名を用いたんです」

「川端康成に興味があって、その名を採用したのかな」

逆だろうと李奈は思った。川端康成に疎かったがゆえ、ネットで目についた〝佐田千重子〟を採用することで、川端康成の愛読者のしわざに見せかけようとした。下の名が千重子であれば、週刊誌に載っていたシンデレラマニアの千重子を示唆できる、脅迫者はそう考えた。

脅迫者は文学愛好者でないとみなすべきか。いや、川端康成に興味がなかったというだけで、たとえば海外文学には造詣《ぞうけい》が深いかもしれない。でなければシンデレラの原典を知りたがるはずもない、そんな臆測《おくそく》もありうる。

シンデレラの原典を知る必要に迫られている、正体不明の人物。おそらく専門は日本文学以外。いったい何者だろう。

脅迫メールはずっと届いていない。なぜ沈黙しているのか。李奈が解明に向け作業中なのを知っているからか。だとすれば監視はいまもつづいている。李奈が協会事務局に籠もりっぱなしなのを、脅迫者は承知済みなのか。

いつしか深夜零時を越え、期日の月曜になっていた。食べ物と飲み物はあまり喉《のど》を通らない。よって買いだしの必要もない。優佳が持ってきた差し入れで充分だった。

建物から一歩もでず、ひたすらシンデレラ譚のデータ化と、書類作成のみに追われる。

明け方の鳥のさえずりは、うたた寝のなかできいた。疲労困憊《こんぱい》した李奈は、椅子の背に身をあずけ、天井を仰ぎながら眠っていた。優佳や曽埜田も同様だった。静けさのなかに三人の寝息だけが、かすかにこだましている。その事実をぼんやりと認識していた。

浅い眠りのなかでも、半ば夢を見るも同然に、思考が働きつづける。不幸なシンデレラ。魔力を持つ救済者の出現。魔法使い、山姥《やまんば》、あるいは鳥や魚や牛。超常現象的な力にすがるしかない、そこまで心が追い詰められた状態での、夢想の物語か。伝承が広まった背景には、女性たちの厳しい境遇があったことは、容易に推察できる。

アンデルセンの『マッチ売りの少女』は、死後の世界に救済を求めた。少女は母親の靴を履いていた。すなわち母は死去したことが物語上で示唆される。靴は片方ずつ失われ、どこかへ消えてしまう。シンデレラの靴は戻ってきたが、マッチ売りの少女の靴は戻らなかった。少女は現世に希望をみいだせないままだった。一方のシンデレラは超常的な力に助けられ、生あるうちに幸せをもたらされた。

伝承は人から人へと言い伝えられる。人によっては、権力者に見初められて結婚というハッピーエンドを享受できず、残酷な結末を付け加えたりもしたのだろう。しかしそのたび、別の誰かがヒロインを復活させ、悪が滅びる結末を追加した。『タムとカム』系のシンデレラ譚《たん》は、そのようにして後半がどんどん延びていったと考えられる。

救われない結末より、救われる結末のほうが、頑《かたく》なまでに望まれた。マッチ売りの少女は命と引き替えに幸せを得る。人々はそれよりも、生きてこそ幸せがあると信じたがった。だからこそシンデレラ譚は世界じゅうにひろまった。

李奈自身も報われたいと願っている。浅い眠りのなかでそう思った。脅迫者に敗北し、悲劇に打ちのめされたくはない。身近なにかにふしぎな力が宿り、救いの手を差しのべてくれるのなら、心からすがりたい。

瞼《まぶた》を閉じて眠りながらも、涙が滲《にじ》みでていたらしい。物音をきき、薄目が開いたとき、視野はぼやけて波打っていた。

「まあ!」美和夕子の驚きの声を耳にした。「ほんとにひと晩じゅう……。ひょっとしてやり遂げたの?」

李奈は身体を起こした。優佳と曽埜田ももぞもぞと起きあがる。ロングコート姿の夕子が、唖然《あぜん》とした顔で立ち尽くしていた。

曽埜田が寝起きのくぐもった声で挨拶《あいさつ》した。「初めまして」

優佳もそれに倣った。「お邪魔してます……」

夕子がテーブルに近づき、書類の束をそっととりあげる。目を瞠《みは》って夕子がいった。

「よくここまで……。記入内容もしっかりルールに沿ってる。わたしたちでも難儀するのに」

李奈は伸びをしながら立ちあがった。「友達が手伝ってくれました」

「本文もデータに取りこめたの?」

「はい」李奈はパソコンのモニターを指ししめした。「百篇とも徹底して校正しました。ぜんぶ標準文体に変換済みです」

「頑張ったのね」夕子は感心したようすでうなずいた。壁の時計を見上げる。「いまは朝の七時半……。わたしにまかせてくれるなら、きょうの仕事終わりに、TDI社に持っていくから」

「ありがたいんですが、それだと遅くなっちゃいます。このまま朝一でTDI社に依頼するわけにいかないでしょうか」

「どうしてそこまで……」夕子が訝《いぶか》しげに見つめてきた。「おとといから思ってたんだけど、千重子さんのためだけにしては、ずいぶん熱心すぎない? たしかに千重子さんの病状を思えば、急いだほうがいいけど……」

鹿丸千重子が生きているうちに、李奈は自分の手で日本発祥説を証明したがっている。夕子の解釈はそんなところにちがいない。こじつけめいた説であっても、鹿丸千重子に吉報をもたらすのが李奈の目的、そう推測しているのだろう。

けれども李奈の真意は別にある。脅迫者に優佳や兄を傷つけさせるわけにいかない。曽埜田に大怪我を負わせた脅迫者は許せないが、いまは要求にしたがうしかない。

夕子が気遣わしげにきいた。「なにか話せないわけでもあるの？」

「……千重子さんのためです」李奈はささやいた。「それがすべてです」

嘘はついていない。脅迫者の名も千重子だ。李奈は粟立《あわ》つ自分の心を、詭弁《きべん》で説き伏せた。

なおも夕子は困惑をしめしながら、優佳や曽埜田に目を向けた。ふたりの真剣なまなざしが夕子を見かえす。

「わかった」夕子はうなずいた。「せっかくここまでやったんだから、そのぶん早く依頼しましょう。出勤前にTDI社に寄ることにするけど、一緒に来る？」

李奈の心は弾んだ。「ぜひお願いします」

「データをメモリーカードに移し替えなきゃ」

優佳が身を乗りだした。「わたしがやります」

夕子は優佳の作業を眺めながら、ふと気になったように、李奈に小声で告げてきた。

「おとといも話したけど、解析結果はTDI社にも帰属するから。国際文学研究協会が費用を一部負担する以上、うちにも」

「理解してます。本当に感謝してます」

どうやら夕子は、李奈の目的が出版なのでは、そう邪推しだしたようだ。鹿丸千重子のためばかりではなく、関連本をだす気ではと疑っている。ゆえにデータの独占はできないと釘《くぎ》を刺してきたのだろう。下世話なビジネスと思われるのは心外だが、夕子の勘ちがいはそのままにしておきたい。いまはまだ真意を明かせない。

李奈は優佳や曽埜田とともに、夕子に同行し外にでた。朝の陽射しがやたらまぶしい。通勤を急ぐ男女の姿がそこかしこにある。夕子がタクシーを捕まえるまで、李奈は絶えず辺りに気を配りつづけた。監視の目はなさそうに見える。とはいえ素人だけに確証はない。

やがて流しのタクシーが停車した。夕子が助手席に乗り、李奈ら三人は後部座席に並んだ。品川《しながわ》区小山《こやま》三丁目、夕子がそう行き先を告げた。ここからそんなに遠くない。

移動中、李奈はスマホを握りしめていた。メールの着信をまったが、いっこうにスマホは振動しない。当日を迎えたというのに、脅迫者の沈黙が気になる。先方のメアドはいちいち削除されるため、こちらからは依然としてメッセージを送信できない。

いつどうやって回答を受けとるつもりなのか。

武蔵小山《むさしこやま》駅周辺のビル街に、ひときわ瀟洒《しょうしゃ》なインテリジェントビルが建つ。タクシーはその前に停まった。一行は降車すると、タイル張りの歩道を横切り、ビルのエントランスを入った。歩調は松葉杖《まつばづえ》の曽埜田に合わせていたが、いまはさほど先を急ぐ理由もなかった。まだ会社の始業時間には早いからだ。

広々としたロビーは閑散としていた。奥に自動改札機のようなゲートがあり、エレベーターホールへと通じている。脇にガードマンが立っていた。ビル内には企業しか存在しないようだ。案内板の十八階に株式会社ＴＤＩのプレートがあった。

ロビーの長椅子に座り、しばし待機させられた。夕子はうろつきながら、さかんにスマホで電話をかけつづける。関係者を呼びだそうとしているようだ。

そのうちスーツがちらほらエントランスを入ってきて、ゲートに向かいだした。出勤者はたちまち群れをなし、やがて本物の駅の改札と変わらない風景になった。

優佳が小声で話しかけてきた。「ねえ李奈。ＴＤＩって会社が救いの神になると思う？　魔法使いや山姥や、木とか鳥とかみたいに」

「もしそうなったら、またここに新たなシンデレラ譚の誕生」

「いいフレーズ。どっかの版元の帯みたい。中身とちがってることが多いけど」

「問題は間に合うかどうか……」

「だよね。データ量もかなり膨大だし」

曽埜田はギプスで固められた左脚を投げだし、椅子の上で眠っている。寝顔を眺めるうち、李奈の心はまた痛みだした。もっと早く事情を打ち明けるべきだった。友達を信じきれなかった時点で、自分の失態でしかない。

いまも通報せずにいる判断が、正しいかどうか迷う。警察に責任を負わせてしまうのはむしろ楽だ。しかし捜査はどうせのんびりとしか進まない。頼りにできないとわかっていて、丸投げするわけにはいかない。

夕子がスマホ片手に歩み寄ってきた。目を輝かせながら夕子がいった。「知り合いの研究員がもうすぐ出勤するって。ついて来て」

四人でゲートへと向かう。夕子が警備員に事情を説明すると、すんなりとなかに通された。きちんとスーツを着こなした、都心勤めの男女のなかで、李奈たち三人だけが場ちがいに思えてならない。それでもエレベーターホールで怪訝《けげん》な目を向けられることはなかった。

エレベーターで十八階に着いた。濃い褐色の木目調の壁、窓のない廊下を進んでいく。天井の埋め込み式のライトだけが、暗がりを等間隔に照らす。いくつか先のドアに、株式会社ＴＤＩの看板があった。夕子が先になかに入った。

そこはクリニックの待合室を思わせる部屋だった。無機的な内装に流線形のカウンター、オフィスはパーティションの向こうだった。ここからオフィスは見通せない。夕子は李奈たちに、またソファでまつようにいった。書類とメモリーカードをおさめた大判の封筒を抱え、夕子がカウンター越しに社員と相談する。

そのうち研究員らしき男性らが出勤してきた。夕子は親しげに挨拶《あいさつ》し、一緒にオフィスに入っていった。

李奈たち三人はソファに残された。曽埜田が浮かない顔でいった。「病院でもずっとこんな感じだった。専門家が話し合ってるあいだ、長いことまたされるばかりだ。分厚い文庫でも持ってくりゃよかった。埴谷《はにや》雄高《ゆたか》の『死霊』とか」

優佳は膝《ひざ》の上でノートパソコンを開いた。「わたしは執筆をつづけよっかな」

まだ仕事ができるとは驚きだった。李奈は優佳にきいた。「疲れてないの？」

「小説を書くのは別脳でしょ」

「ディケンズみたい……」

「他人に費やされた日は、自分の日を浪費したことにならない」

それもディケンズの名言だった。李奈は心からいった。「ありがとう……」

「李奈がわたしのために頑張ってくれてるって意味だよ？　わたしのほうこそ感謝してるの」

夕子が戻ってきた。「大急ぎでやってくれるらしいけど、きょういっぱいかかるかもって」

困惑とともに李奈は腰を浮かせた。「それだとぎりぎり……」

「午後にはいちど連絡をいれるって。杉浦さんに直接電話するように伝えておく？」

「そうしていただけるとありがたいです」

「了解。それにしても」夕子は腕時計を見ながら微笑した。「おかしな話。出勤の時刻を迎えて、ようやくひと息つけそうと感じるなんて」

あとは結果をまつしかなかった。夕子にはひたすら礼をいい、李奈たちはTDI社をあとにした。曽埜田を病院に送っていき、李奈と優佳はそれぞれ帰宅することになった。

李奈がひとり阿佐谷のアパートに戻ると、メモ用紙がドアに挟んであった。心配性の兄からのメッセージだった。電話をしてくれと書いてある。

会社にいる航輝に、抵抗なく電話できるのはありがたい。むしろ李奈のほうこそ、兄の安否を確認したかった。

電話はすぐにつながった。航輝の声がたずねてきた。「李奈か？　ゆうべどこへ行ってた？」

「子供じゃないんだから……。そんなに気にかけないでよ」

「しょうがないだろ。最近物騒だからな」

「仕事があったの」

「泊まりがけでか？」

「お兄ちゃんはどうなの？　変わったことない？」

「食べ過ぎで胃がもたれてる。ゆうべ李奈のぶんも寿司《すし》を買っていったのに、いなかったからひとりで食べた」

李奈は苦笑した。「運動すればいいじゃん」

「どうせ営業で外まわりだ。嫌でも歩きまわることになるよ」

ふと不安が胸をかすめる。李奈はささやいた。「土日は外出しないでっていったのに。お兄ちゃん。くれぐれも気をつけて」

「なんでそんなことをいう？」

「最近物騒だし……」

ふたりは笑いあった。航輝の声が穏やかにいった。「心配すんな。きょうもまっすぐ帰るよ。李奈もアパートに戻ったんなら、戸締まりをしっかりな」

「わかったから、もう仕事に集中して。それじゃ」李奈は通話を終えた。

ため息が漏れる。金曜からずっと徹夜だった。きょうが脅迫者のさだめる最終日だ。まだ連絡はない。TDI社による解析にも時間がかかる。

じっとしていても意味がない。風呂《ふろ》を沸かし入浴する。服は洗濯機にかけた。浴槽に浸《つ》かったところで、いっこうに心が安まらない。カラスの行水も同然に、さっさと風呂からあがった。身体にバスタオルを巻き、浴室をでてすぐスマホを手にとる。なぜか嫌な予感がしていた。画面を確認せずにはいられない。

予感は的中した。入浴中に脅迫メールを受信していた。

杉浦李奈様
家でのんびりくつろぐのは勝手ですが、きょうは回答の日です。
午後にまた連絡します。回答のみならず根拠を、タブレット端末またはノートパソコン内に揃えておいてください。

佐田千重子

立ちくらみをおぼえる。李奈は頭を激しく振り、意識をはっきりさせようとした。めまいを起こしている場合ではない。

書斎兼寝室の窓辺に歩み寄る。カーテンの隙間から外をのぞいた。住宅地の入り組んだ生活道路にひとけはなかった。

すぐに玄関へと向かった。ドアののぞき窓からようすをうかがう。やはり人影は見あたらない。

李奈は恐怖とともに後ずさった。至近に監視の目はないようだが、動きを読まれているのはたしかだ。まさか隠しカメラが仕掛けられているのでは……。

ふと冷静な思考が生じる。なぜずっと脅迫メールが届かなかったのか。李奈の居場所を把握できていなかった、そんな理由ではないのか。アパートの近くに張りこんでいて、李奈が帰宅したのを目にとめた、それだけかもしれない。

ついさっき兄の航輝と電話で話した。しかしそのことについて、今回のメールでは触れられていない。脅迫者が通話内容を盗聴できないとすれば、以前のメールで兄に言及していたのも、近くで立ち聞きしただけの可能性がある。

あれは市原署前の歩道だった。最初にメールを受信した翌日、李奈が市原署に行くことは、脅迫者も承知していた。行くよう仕向けたのは脅迫者だからだ。したがって脅迫者が市原署周辺にいて、ようすをうかがっていれば、李奈の訪問を目撃できただろう。脅迫者が李奈を尾行したのなら、この阿佐谷のアパートも判明する。

優佳や曽埜田についてもそうだ。グランドハイアット東京のロビーで、脅迫者が一同の会話に聞き耳を立てていた、そんな可能性がある。飯塚やグライト出版の社員とはかぎらない。李奈たちの言葉をききとるのは可能だ。自己紹介しあう声と、それ以降のやりとりを耳にしていれば、あの脅迫メールは書ける。

脅迫者はかならずしも、こちらの事情に精通しているわけではない、そのように思えてきた。それで完全に恐怖が払拭《ふっしょく》されたわけではない。けれども李奈の心には、いくらか余裕が生じた。

千重子という名を用いた理由は、週刊誌の記事を目にしただけ。李奈の近くできいた会話を、さも周知の事実のようにうそぶいたのみ。そう考えれば脅迫者との距離感も変わってくる。

くしゃみをした。気づいてみればまだバスタオル一枚だった。湯冷めしてきたようだ。

上下ともジャージを着て、ベッドに横たわる。TDI社から連絡があるまで、仮眠をとるべきかもしれない。スマホは枕元に置いた。疲労感はあるのに眠気が生じない。

神経が昂《たか》ぶっている。しばらく瞼《まぶた》を閉じてみるものの、また気になってスマホに手が伸びる。

いきなり手のなかでスマホが震えだした。電話がかかってきている。画面には見覚えのない番号が表示されていた。

李奈は跳ね起きた。机の上のノートパソコンに向かう。テンキーに指を走らせる。スマホの画面に表示された電話番号を、検索窓に打ちこんだ。速さには自信があった。エンターキーを叩《たた》くと、該当する電話番号が、検索結果のトップにでた。株式会社TDI。

即座に応答ボタンをタップする。李奈はいった。「はい。杉浦です」

男性の声がきいた。「杉浦李奈さんですか。株式会社TDI、データ解析課の東條《とうじょう》です。国際文学研究協会の美和さんからのご依頼の件で、お電話を差しあげました」

時計に目を向けた。まだ正午前だ。李奈は昂ぶる思いとともにいった。「こんなに早く……」

「ええ」東條の声が笑った。「書類も完璧《かんぺき》、本文のデータ化にも問題なく、難なくツールにかけられました。あそこまでの作業は大変だったでしょう」

「それで解析結果はでましたか」

「いまお送りします。メールアドレスをお教え願えませんか」

李奈は口頭でメアドを伝えた。ノートパソコンを前に待機する。鼓動が極端に速まってくる。じっとしながらまつ状況が、とんでもなくもどかしい。

東條の声が告げてきた。「いまメールをお送りしました。Analysis_result ファイルを開いてください」

パソコンのモニターに新規受信メールが出現した。ZIPファイルが添付されている。開いてみると、なかに複数のファイルがおさまっていた。Analysis_result という名のファイルもある。それをクリックした。

表示されたのは世界地図だった。無数のアイコンが散らばっている。各地に由来する『シンデレラ物語』の題名が英語で記載されていた。ぜんぶで百あるはずだ。いずれにも複雑な数値が添えてあった。

「よろしいですか」東條の声が説明してきた。「まずHRT値とあるのは、ホフステッド指数と同様、文学作品が書かれた当地の文化の成熟度を表します。六次元モデルで権力格差、非集団主義、非性差、不確実性回避、非規範主義、非言論統制の度合い。これらを統合的に数値化しています」

「御社に従来あったデータベースに基づく数値ですよね？」

「おっしゃるとおりです。今回のサンプルに該当する時代と場所のHRT値を、それぞれ抽出しました。そしてLCV値は外交と貿易、文化交流の度合いです」

「EQ値というのは？」

「文学テキストマイニングによる、各作品の分析結果の数値化です。八次元モデルで、登場人物の人数と性格、起承転結と展開、執筆時の文化的背景との一致度、予定調和、不確実性、語彙《ごい》、物語の希望的観測、物語の長さから算出されます。EQ値が近い作品どうしには相関関係が考えられます」

『サンドリヨン』のEQ値は5369265１。ベトナムの『タムとカム』は9206545。『アラビアン・ナイト』の『足飾り』は28654910……。

　李奈は啞然《あぜん》とした。「ばらばらですね……」

「そうなんですよ」東條の声のトーンが下がった。「右下のYVMGというマークをクリックしてください。三つの値をもとに、作品どうしがどう影響しあったかが解析され、直線で結ばれます」

　どこかの地域を発祥とし、そこから放射状に広がるか、もしくは一か所ずつ伝播《でんぱ》していくか……。シンデレラ譚《たん》が世界をどう渡っていったか、いま可視化される。そんなふうに期待した。

無数の直線が世界地図を埋め尽くすかと思いきや、ほとんど変化がない。あまりに変わらなすぎて、李奈は焦燥に駆られた。何度かクリックし直す。それが解析結果だとようやく悟った。

作品から作品への影響をしめす直線は、どれもごく短く、一定の期間と地域に限定されていた。しかも予想はことごとく外れている。バジーレ、ペロー、グリムの物語すら、互いに線は結びついていない。逆にミャンマーのカレン族に伝わるシンデレラ譚『雨期の起源』が、『サンドリヨン』と長い直線で結ばれている。補足には、時代を経て翻訳書を参考に書かれた形跡がある、そうあった。ただし両作とも周辺作との相互の影響がまるでない。単に数値が近かったがゆえ、そう表示されただけだろう。すなわち誤差の範囲内だ。結びつきは皆無といっていい。

直線の連鎖はなく、ほとんど一本か二本で途切れる。発祥などたどりようがない。

東條の声が申しわけなさそうな響きを帯びた。「残念ながらシンデレラ譚の伝播は、文学テキストマイニングによっても、ほとんど解明されなかったといえます」

李奈は失望にとらわれた。「エジプトの遊女《ロドピス》の話すら、ほかの物語に影響をあたえてはいないんですか。おおまかに中東からヨーロッパ方面と、アジア方面に伝わったのではないかと……」

「ええ、物語を読んだかぎりでは、そのような影響が感じられます。でも実際に数値を解析してみると、科学的な実証ではこうなるんです。相似に思えたストーリーどうしも、じつは別物です。世界各地の『シンデレラ』的な物語のほとんどに、互いのつながりは見てとれません。強いていうなら……」

「なんですか」

「相互のつながりがないことが証明できている。そんな解析結果です」

「でもそんなことって……」

「ふつうなら考えられません。しかし人類の四大文明には、横のつながりのなかった分野においても、同じような発展を遂げた例がみられます。文化とはかならずしも干渉しあうものではないのです」

李奈は深いため息をついた。「とても信じられないんですが」

「この解析結果にしたがえば、シンデレラ譚は伝播したというより、各地で自然発生したことになります」

「ありえませんよ」

「そうですか？　非常にシンプルな筋書きですよ。虐げられていた女性が、権力者の男性に見初められる。善が救われ、悪が滅ぶ。中世以前の社会において、各地の女性の願望が一致していた、その表れではないでしょうか」

　本当にそうなのだろうか。にわかには信じがたい。世界じゅうの『シンデレラ物語』には、あまりに共通項が多すぎる。母を亡くした美しいヒロイン、いじわるな継母《まま はは》と娘、超常現象による救済、祭やパーティーへの出席、王子のような権力者、恋愛、復讐《ふくしゅう》。そしてなにより靴。

　李奈はきいた。「恐縮ですが、この実証法は、どれぐらい信用できますか」

　東條の声はやや気分を害したかのような口調に転じた。「文学テキストマイニングツールの精度は折り紙つきです。現状のデータから導きだされる、最も真実に近い解析結果です」

「ならこの解析結果を信じるべきなんでしょうか……?」

「科学的かつ客観的にはそういえるでしょう」

　伝承の広がりのシミュレーションにはならなかった。発祥は依然として不明だった。いや解析結果を尊重すれば、シンデレラ譚は各地で自然に、多発的に湧いたことになってしまう。

　東條の声がたずねてきた。「ほかにご質問はありますか」

「……どうしても納得がいかないんですが、別の解析方法はないでしょうか」

「あいにくですが、これが最先端の技術による解析です。まさしく実証そのものです。弊社にできることはほかにありません」

死刑宣告に等しいひとことだった。李奈は床にへたりこんだ。

「もしもし、杉浦さん？」東條の声が呼びかけてきた。

李奈は震える手でスマホを口もとに近づけた。「きいてます。ご無理をいって申しわけありません。急なお願いにもかかわらず対処していただき、本当にありがとうございました」

東條の声はまた柔らかくなった。「ご希望に添えない結果だったようですが、またなにかありましたら……。では失礼します」

通話が切れた。落胆と疲労が同時に押し寄せてくる。李奈はスマホを床に落とし、その場にうずくまった。唯一頼りにしていた文学テキストマイニングが空振りに終わった。月曜。最終期限の日。すべては水泡に帰してしまった。

18

午後三時、李奈は代々木《よよぎ》八幡《はちまん》駅近くにある、優佳の住むマンションの一室にいた。

押しかけるのは悪いと思ったが、ひとりではどうにもならなかった。徹夜明けで優佳は寝ているかと思いきや、執筆をつづけていたという。優佳は李奈を歓迎してくれた。残り物だけど、そういいながら優佳は、冷蔵庫のなかのピザを振る舞った。

李奈は持参したノートパソコンを、ローテーブルの上で開いた。何度となくAnalysis_resultファイルを見かえす。世界地図上に表示された、あらゆる時代と場所のシンデレラ譚。相関関係をしめす直線はほとんどない。発祥は不明。

優佳が深刻な表情になった。「数字をいじっちゃえば?」

「そんなの無理……。TDI社による文学テキストマイニングの解析結果だからこそ、エビデンスとして重視できるんでしょ。そもそもデータ改竄《かいざん》なんてできるの?」

「試しにこうやって……」優佳がマウスを滑らせた。「あ。表示を選択もできないのか。作成者以外が内容を変えられないようになってるんだね。当然かも」

李奈はため息をついた。「ここにあるのは解析結果だけ。脅迫者はシンデレラの原典について、回答を求めてる。わたしなりの結論をださないと」

「脅迫者からのメールは?」

「昼ごろに届いたのが、いまのところ最後」李奈はワードファイルを開いた。メールで回答するとして、その下書きに取りかかっておかねばならない。

いたずらに文章を膨らませたところで、脅迫者の反感を買うのは必至だ。端的に書かざるをえない。解析結果を客観的にとらえるのなら、いえることはひとつだけだった。

シンデレラ譚《たん》は、封建社会や男尊女卑が背景にあった中世以前の世界各地において、おもに女性の普遍的な願いがフィクションとして体現化されたものであり、相互のつながりもなく多発的に共通の物語が生じたと考えられる。よってシンデレラ物語の原典、発祥と特定できるものはない。

優佳がノートパソコンのモニターをのぞきこんだ。不安そうにきいてくる。「こんな論文調の回答でいいの？」

「ほかに書きようが……。解析結果が表すのは、まさにこういうことでしかないでしょ。似てるってのは読み手の主観でしかなくて、科学的に分析したところ、似て非なるものとあきらかになったっていう……」

「本当にそうなのかな？　ヘロドトスの『歴史』で、いちおう最古と推測される遊女《ロドピス》の話、あれ本来は娼婦《しょうふ》だったわけでしょ？　ペローの『サンドリヨン』で、ヒロインが本来は灰尻娘《キュサンドロン》と呼ばれてたのって、娼婦の設定の名残って説があるよね。ちゃんとつながりがありそうじゃん」

岩波文庫の『完訳ペロー童話集』でも、そのくだりは〝灰尻っ子〟と訳されている。

だがそういう見方は諸説ある考察のひとつにすぎない。李奈は首を横に振った。「文学研究ではいろんな影響が考えられてきたけど、熱心な研究家ほど、シンデレラ譚の伝播《でんぱ》は不可解とする意見を唱えてきた。わたしも今回初めて知ったけど、ＴＤＩ社の解析結果がしめすような説は、最近主流になりつつあったの」

「多発的に自然に湧いたって説が主流なの？」

「ええ。これはひとつの証明になった。交易や文化の交流も照合しながら、文学上の相互影響の度合いを算出した結果、異なる文化圏で共通の物語が生まれたと結論づけられる。ひとつの根拠として尊重するしかない」

「だけど……」優佳は口をつぐんだ。スマホのバイブ音が響き渡ったからだ。

唸《うな》っているのは李奈のスマホだとわかった。電話がかかってきている。今度は電話帳データに登録してある番号だった。画面には〝楓川准教授〟と表示されている。

意外な人物から電話がかかってきた。李奈はあわてて応答した。「はい、杉浦です」

「杉浦さん？　楓川だが。いまちょっといいかな」

「ええ。どうぞ」

「驚きの事態だよ」言葉とは裏腹に、楓川の口調は淡々としていた。「大学にEメールが届いた。差出人は鍬谷芳雄」

李奈は衝撃を受けた。「鍬谷さん……？　まさか……」

「なんでもいま台湾にいるそうだ。長いこと入院してたけど、ようやく記憶が戻ったと書いてある」

海難事故で認定死亡の扱いを受けた。だが死んでいなかったというのか。李奈はきいた。「鍬谷さんは大学にどんなことを……？」

「今後、自分の生存が日本でも確認されるだろうから、その暁には前と同じ職務に復帰させてほしい、そんな要請だった。つまり准教授に復帰させてくれというんだ」

「仕事の話ですか」

「それ自体は奇妙じゃないよ。記憶が戻った以上、働かなきゃ収入は得られないわけだしな。早々に元職場に根回ししたのかもしれない」

「根回し……」

「いろいろ興味深いよ。教授会の審査の時期が近い。鍬谷君の生存が本当だとして、いまから準備すれば、論文の提出にも間に合うからな。まあ鍬谷君はそれどころじゃないかもしれないが」

「どういう意味でしょうか」

「教授への昇進が可能になる時期に、うまいぐあいに生存があきらかになったってことだ」

かなり皮肉めかした物言いにきこえる。李奈は不穏なものを感じた。「生きていたというだけで、教授に昇進できるんですか？」

「そんなわけはないよ。教授会が認めるような論文を、鍬谷君がひっさげてカムバックするんじゃないかと想像しただけだ」

「なぜそんな想像をなさるんですか」

「深い意味はない。ただタイミングがあまりによすぎるんでね。ま、本当は誰かのいたずらかもしれないが、実家の母親にも電話があったらしくて」

「鍬谷果奈江さんに電話が……」

「母親は興奮ぎみに警察に問い合わせたってさ。大学にも連絡してきたらしい。教授になるのは楓川じゃなくて自分の息子だと、一方的にまくしたてたそうでね。僕はあのお母さんに、なぜかとても嫌われてる」

「台湾のほうで確認はとれたんでしょうか」

「いや。果奈江さんに息子を名乗る電話があって、大学にもメールが届いた。メールの着信自体ついさっきのことでね。現状そこまでだよ。きみも興味があるんじゃないかと思って知らせただけだ」

「ありがとうございます。お心遣いをわざわざ」

「お互い忙しいのに、デマなら勘弁してほしいもんだね。ではこれで」

通話が切れた。李奈は茫然《ぼうぜん》としながら、スマホを持つ手を下ろした。優佳を眺める。

李奈はささやいた。「いまのは……」

「きこえたよ。こんなに静かだもん」優佳が真顔で見つめてきた。「ひょっとして脅迫者は鍬谷さんじゃなくて？」

「生きてたっていうの？　いかにもミステリ小説……」

「でも辻褄《つじつま》が合うじゃん。鍬谷さんはシンデレラの原典について、論文を発表する予定だったんでしょ？　だけど各方面から白い目で見られてた。どうしても教授になりたかった鍬谷さんは、事故を装い、いったん死んだことにした。李奈のもとに脅迫メールを送り、シンデレラの原典を調べさせた」

「その答えが得られる前に、生存をあきらかにしたの？　わたしの回答が、論文に著せるほどの内容かどうかもわからないのに？　実際のところ原典は特定できてない。だいいちなんでわたしに頼むの？」

「謎解きが得意な小説家って報じられたからでしょ。李奈だけじゃなくて、いろんな人たちに脅迫メールを送ってたとしたら？　どこかの誰かから、もう納得のいく回答を得たのかもしれない。さっそく大学に返り咲いて、教授の座をめざそうとしてる」

李奈は思わず唸った。「わざわざ死んだと装う必要がある？」

「疑われずに済むじゃん。ミステリのセオリーどおり」

「そもそもわたしは鍬谷さんと知り合いでもないし、疑いを持つ理由さえなかったんだけど」

「そりゃ李奈にとってはね。ほかにも同じように脅迫を受けてた人たちのなかには、鍬谷さんに近しい人もいたんじゃない？」

「仮にそうだとして……。そのうちの誰かが、論文の発表に値するほどの回答をしたとすれば……」

優佳が慄然《りつぜん》としたようすでいった。「その人が危険だよ！　口封じに殺されちゃう。すぐに通報しないと。あるいは本人に警告するとか」

「でもどこの誰かもわからない。どうすればいいの？」

李奈と優佳は見つめ合った。どちらも言葉を発せられずにいる。なにも思いつかない。

またスマホが震えた。今度の振動は短かった。李奈はスマホの画面に目を向けた。メールが着信していた。

杉浦李奈様

回答の準備はできましたか。

佐田千重子

李奈は寒気をおぼえた。「まだわたしに回答を求めてる」

優佳も画面をのぞきこんだ。「いちおう脅迫対象の全員から回答を受けとる気なんでしょ。李奈の回答はあやふやなんだからさ。てきとうにお茶を濁しときゃいい」

「あやふやって……」

「あ、ごめん。原典を特定できなかったっていうべきだね。どうせ重視されてない。この際、鎌《かま》をかけてみたら？」

「どんなふうに？」

「脅迫者が鍬谷さんかどうか、ずばりきいてやりゃいいでしょ」

ためらいと迷いが生じる。李奈はスマホの文面を読みかえした。〝佐田千重子〟は今回、回答を準備できたかどうか、李奈に問いかけている。返信を受けとるため、まだメールアドレスを消していない可能性が高い。

こちらにも尋ねたいことがある。李奈は返信メールを打った。

佐田千重子様
あなたは鍬谷芳雄さんですか。

杉浦李奈

メールを送信した。室内に静寂がひろがった。優佳が固唾《かたず》を呑《の》んで見つめてくる。李奈も優佳を見かえした。

こんな問いかけをしてよかったのだろうか。逆上されて通信が途絶えるかもしれない。あるいは優佳や航輝を危険な目に遭わせるという、乱暴な捨て台詞《ぜりふ》を残すだけではないのか。

またスマホが短く振動した。李奈はびくつきながら画面を確認した。

杉浦李奈様
穿鑿《せんさく》は抜きにしてください。回答は準備できているのですか。
佐田千重子

優佳が抑えきれないようすで声を発した。「やっぱり……」
「いいから」李奈は優佳を制し、ふたたび返信文を打ちこんだ。

佐田千重子様
準備はできていますがファイル量が大きいです。ZIPファイルにして添付していいですか。
杉浦李奈

返信後、またも重苦しい沈黙が生じた。李奈と優佳はただスマホの画面を凝視しつづけた。必要ならすぐに連絡があるはずだ。
スマホが震えた。脅迫者から新たなメールが届いた。

杉浦李奈様

以下のとおり実行してください。

(1)指示があるまでファイルをどこにも送信してはなりません。

(2)ファイルの収まっているノートパソコンないしタブレット端末以外に、当該のデータをコピーしないでください。画面表示のスクリーンショット一枚、ほかのデバイスに残してはなりません。いっさいの保存を禁じます。

(3)これまでのメールのやりとりをすべて削除してください。ほかのメモリーカードやUSBメモリー、デバイスなどにコピーしてはいけません。スクリーンショットも不可です。佐田千重子との連絡の痕跡《こんせき》すべてを消去してください。

(4)ノートパソコンないしタブレット端末の認証を解除しておいてください。

これらの指示に従わない場合、お兄様や那覇優佳さん、曽埜田璋さんの命はないものと思ってください。

このメアドは消去され、以降の返信はできません。新たなメアドはまたお伝えします。

佐田千重子

優佳がうわずった声を発した。「もう脅されたって怖くない。正体を見抜いたもん。否定もせずスルーしたってことは、鍬谷だと認めたも同然じゃん」

「だとしても」李奈は思ったままを口にした。「なんか変。ほんとにメールを送らせる気なのかな」

「どういうこと？」

「ノートパソコンかタブレット端末と指定してるのが、前から気になってる。認証を解除しろともいってる。ひょっとしてハードウェアごと受けとる気じゃない？」

「あー。それでほかにコピーするなと、やたら釘《くぎ》を刺してるわけか。でもパソコンを奪うつもりなら、メールの消去は求める必要がないんじゃない？」

「わたしがプロバイダー側のメールサーバーを使ってるかもしれないでしょ。事実そうしてる。パソコンを引き渡しても、スマホや別のデバイスでアクセスできちゃう」

「そっか。IDとパスワードを李奈からききだすより、先に削除させといたほうが楽だもんね」

「いま消しておかなきゃ」李奈はマウスを操作しようとした。

「まってよ」優佳が李奈の手に触れた。「馬鹿正直に削除するつもり？　そんな必要

ない」

「……いいたいことはわかるけど、指示に背いて、優佳たちを危険な目に遭わせたく

ある?」

「平気だって。部屋のなかで起きてることや、オンライン上の操作なんか探知できるわけない。李奈もここに来て開口一番、そう教えてくれたじゃん」

たしかに脅迫者の挙動といえば、阿佐谷のアパート付近に張りこんだり、そばで立ち聞きしたりしただけに思える。それでも油断は禁物だった。李奈はささやいた。

「わたしがここに来た時点で、脅迫者は優佳の住所を特定したかも」

「そんなの気にしないで。不審者がいたらむしろ通報するチャンスだしさ。来てくれて嬉《うれ》しかったよ。ひとりじゃ心細いもん」

李奈はマウスを滑らせた。送受信メール一覧を表示する。佐田千重子とやりとりしたメールすべてに、削除のチェックを付ける。

優佳が憂いのいろを浮かべ、自分のノートパソコンに手を伸ばした。「せめてわたしのパソコンに移し替えようよ。メールも解析結果のファイルも」

ふと手がとまる。李奈は優佳をじっと見つめた。

思いが伝わったのだろう。優佳は視線を落とした。自身のノートパソコンを遠くに

押しやる。

すべては優佳の安全のためでもある。李奈は脅迫者の要求を実行すると誓った。優佳がそれを阻んだら、李奈が徹底してきた努力が無駄になる。

「……だけど」優佳がためらいがちにささやいた。「要求に屈するだけなの？　なにか手を打てない？」

李奈が気にかけているのは、回答の不充分さだった。結局よくわからない、そんな答えでしかない。佐田千重子の正体が鍬谷であれ誰であれ、ほかの脅迫対象から満足のいく回答を受けとったとしても、李奈に対しては厳しい裁定を下すかもしれない。優佳の言葉も無視できなかった。ふたつを同時に考慮したとき、李奈の両手はキーボードに伸びた。記述済みの回答に追記する。

シンデレラ譚《たん》は、封建社会や男尊女卑が背景にあった中世以前の世界各地において、おもに女性の普遍的な願いがフィクションとして体現化されたものであり、相互のつながりもなく多発的に共通の物語が生じたと考えられる。よってシンデレラ物語の原典、発祥と特定できるものはない。

古代ギリシャのヘロドトスが、紀元前五世紀の遊女《ロドピス》に言及していても、これを原典とは証明できない。アルキメデスがいったように、歴史を逆に学ぶことはできない。ナリラウギスの定義に照らし合わせても同様であり、シンデレラの原典はひとつに絞りこめないと結論づけられる。

優佳が憂いのいろを浮かべた。「これで納得感が増す？　蛇足ぎみじゃない？」

李奈はため息まじりにいった。「こういうのは卒論でも水増しとみなされて、減点対象になりがちだよね。でも書かずにはいられなくて」

「ヘロドトスにアルキメデスは知ってるけど、そんなに有名じゃない歴史上の人物まで引っぱりだしちゃ、いかにも水増しっぽくない？　ナリラウギスって知らないし」

「いちおうそこが重要だと思ってるから……」

またスマホのバイブ音が短く響いた。いつきいても不快な音だ。メールの着信があった。

杉浦李奈様

午後七時、青梅《おうめ》街道、高円寺《こうえんじ》陸橋下付近歩道、郵便ポスト前。

ノートパソコンまたはタブレット端末持参のこと。

※本メールも削除してください。

佐田千重子

やはり機器ごと奪う気だ。李奈は優佳を見つめた。優佳が緊張の面持ちで見かえした。

李奈は指示どおりメールを削除した。ゴミ箱にも残らないよう完全に消去する。ノートパソコンの電源を落とし、畳んでから小脇に抱える。李奈は立ちあがった。

佐田千重子なる脅迫者。直接会う機会が訪れた、そのように解釈すべきだろうか。

19

午後六時五十六分、李奈は優佳とともに、青梅街道沿いの歩道に立っていた。

人の往来が多い。歩道の片側には古い店舗が連なっている。逆側には並木とガードレール、その向こうは片側三車線の広い車道だった。ヘッドライトの光がひっきりなしに流れるものの、陸橋下交叉《こうさ》点の信号が赤になるたび滞る。都内ではこれぐらいの混雑は日常でしかない。

交叉点から数十メートル、歩道に赤いポストがあった。脅迫メールに指定された場所は、ここ以外に考えられない。李奈はノートパソコンを脇に抱え、その場に待機した。

付き添う優佳が浮かない顔になった。「やっぱデータのバックアップぐらいとっておくべきじゃ……。メールをぜんぶ削除したのもやりすぎでしょ」

李奈も憂鬱《ゆううつ》な気分だった。「それより優佳にはマンションからでてほしくなかった」

「だいじょうぶだって。こんな人目のあるところで、どうにかできると思う？」優佳の目がノートパソコンに向いた。「それ、GPS機能付き？」

「いいえ。中古品を安く買ったし」

「十中八九パソコンを奪われるとわかってて、おとなしく持参するなんて」

「ほかに方法がないんだってば」

「余分なファイルとか削除してある？　IDやパスワードが記録されてない？」

「そこは徹底してるからだいじょうぶ」李奈は答えた。

TDI社から受けとったファイルと、李奈の書いた回答以外、ハードディスク内は空っぽにしておいた。単に全ファイルを削除しただけではない。雑多なデータを山ほど自動コピーで無限増殖させ、たちまちストレージを埋めてしまう、そんなアプリを使った。

パソコン上でファイルを削除する操作をおこなっても、それはただ本の目次から項目を消したにすぎない。ページ自体は残っている。しかしハードディスクの空き領域すべてを上書きしてしまえば、消去したファイルの復旧は不可能になる。余分な個人情報を知られずに済む。

足ばやに近づく男性を見るたび、緊張とともにノートパソコンを両手で抱えた。しかしなにごともなく男性たちが通り過ぎていく。李奈と優佳が安堵《あんど》のため息を漏らす。その繰りかえしだった。

優佳がきいた。「ほんとに警察に相談しなくていいの？」

「これが済んでから……。ひとまず脅威が去ったあと、いろいろ怪しかったところを追跡していきたい。でもいまはまだ駄目。脅迫者を怒らせるわけにいかない」

「……わたしが心配をかけてるんだね。ごめんね」

「なにいってんの？」李奈は笑ってみせた。「お互い様だし」

「汐先島でも危ないとこを助けてくれたじゃん。李奈がいないと、わたしひとりじゃやっていけないよ」

「なんでそんな話すんの？」

「だって」優佳の目が潤みだした。「わたしのせいで、李奈が大変なことになってんじゃん」

「だから平気だって。むしろ勉強になってありがたかったかも。あんなに多くのシンデレラ譚に目を通す機会なんて、たぶん一生なかったと思うし」

「そもそも読む必要あった？」

「必要かどうかはわからないけど、読んでよかった。励まされる内容だよね、『シンデレラ』って。耐え忍べば絶対に希望が見えてくる。そう信じられる気がしてくる」

「それ今度の事件のこと？」

李奈は首を横に振った。「人生と仕事、将来について。いつまでも売れない小説家でいるはずはないって」

優佳の顔にようやく微笑が戻った。「だよね。きっと報われるときが来るよね」

「わたしより優佳のほうが先に売れるでしょ。SNSでわたしを引っぱりあげてほしい」

「そんなの李奈のほうが早いって。見捨てないでよ。マジお願い」

思わずふたりとも笑いあった。むろん心から楽しいはずはない。とはいえ不安感はあるていど緩和された。孤独でないとたしかめられる、たったそれだけでも、優佳と一緒にいる意味はある。

腕時計を見た。そろそろ七時だ。歩道を行き交う人々が数を増やしている。こちらを注視する目はない。誰もが素通りしつづける。

最も歩道寄りの車線を、白の軽トラックが走ってきた。李奈の眼前に滑りこんでくる。甲高いブレーキ音を響かせ、軽トラは急停車した。

荷台には幌《ほろ》もなく、積み荷もなかったが、ビニールシートが敷いてある。アオリの側面に紙が貼りつけられていた。目を凝らすまでもなく、大書してある字が読みとれる。

杉浦李奈さんへ
運転席に近づくな
荷台にブツを投げこめ

全身に電流が走ったかのようだった。運転席に目を向けた。サイドウィンドウの内側からサンシェードを貼りつけている。ドライバーの横顔が見えない。違反行為のはずだが、近くにパトカーはいなかった。

優佳が忌々しげに運転席を睨《にら》みつける。踏みとどまった優佳と目が合う。李奈は無言のうちにうながした。脅迫者の指示に逆らってはならない。

李奈はとっさに優佳を手で制した。そちらに歩きだそうとした。

投げこめと先方が命じている。精密機器が壊れることを危惧《きぐ》せず、いわれたとおりにすればいい。李奈はノートパソコンをアオリ越しに放りこんだ。ノートパソコンは荷台に転がった。音はしなかった。ビニールシートの下には、クッションになる物が重ねてあったらしい。

だしぬけに軽トラは急発進した。陸橋下交叉点方面へと走っていく。

李奈と優佳は同時に駆けだした。交叉点の信号が黄から赤に変わった。軽トラも停車せざるをえない。急げば追いつける。前方にまわりこめば、ドライバーの顔をスマホカメラで撮影できる。

車道の前が詰まりだした。軽トラが減速する。李奈は黄いろいリアナンバーを凝視した。だがガムテープが貼りつけられ、四桁《けた》の番号が隠してある。練馬49だけ見てとれる。

歩道を駆けながらスマホカメラのレンズを向けた。すると軽トラはまたも急発進した。中央線を越えUターンし、逆方面へと走りだす。Uターン禁止の標識があるが、ドライバーはおかまいなしだった。

李奈は優佳とともに、交差点付近まで走り、横断歩道を渡っていった。歩行者用信号が点滅しだした。なんとか渡りきったものの、軽トラは百メートル以上先を脇道へと折れた。もう追いつけるとは思えない。

ふたりは息を切らし、歩道にたたずんだ。優佳が地団駄を踏んだ。「もう！　小説なら主人公を荷台に跳び乗らせるのに」

現実にはとても不可能だった。李奈は軽トラが消えた方向を、ただ茫然《ぼうぜん》と眺めるしかなかった。

わからない。わざわざ場所を指定して呼びだし、ノートパソコンを奪った。なぜだ。李奈の居場所を知らなかったのか。ずっと李奈を尾行し、監視していたわけではないのか。

20

あれから二日経った。脅迫者からはなんの連絡もない。脅威は去ったのか。そろそろ警察に相談するべきだろうか。

台湾からの鍬谷芳雄のメールだが、いまのところ本当に生存が確認されたという情報がない。一件の報道もなかった。楓川准教授によれば、警察が調べたところ、日本国内から送信された可能性が高いと判明したという。メアドも削除済みで返信不可らしい。智葉大学はいたずらととらえているようだ。鍬谷果奈江も意気消沈しているにちがいない。

李奈はずっとシンデレラ研究に翻弄《ほんろう》されていたため、ほかにやるべきことが山積みだった。この忙しいときに、KADOKAWAに提出してあったプロットが通ったため、小説執筆のスケジュールを組まねばならない。REN騒動のことは考える暇もなかった。訴訟の手続きひとつ進んでいない。もしそれが脅迫者の目的だったとしたら、おおいに功を奏したといえる。

午後四時過ぎ、李奈と優佳は国際文学研究協会事務局を訪ねた。曽埜田も松葉杖《まつばづえ》を突いて合流した。美和夕子事務局長とともに、書架の部屋でテーブルを囲む。

テーブルの上にはおびただしい量の書類があった。TDI社から追加で届いた、より詳細にわたる解析結果だった。短編の英文の行間に、小さな字でびっしりとデータ化情報が記入してある。日本語の分厚い報告書も添えられていた。

報告書を読み進めるうち、文学テキストマイニングの解析結果に対し、異を唱えられなくなった。あるシンデレラ譚《たん》が別のシンデレラ譚の影響を受けていれば、符号化された単語や文法、表現などになんらかの共通項がみられるはずだという。だが一定のアルゴリズムによる解析でも、ばらばらの反応がしめされる。どの物語も、それぞれ土着の文化に根ざしているうえ、書き手の創造性と個性の産物であることをしめす、個別のパターンを形成しているらしい。やはり原典といえるものはない。そんな結論に達せざるをえない。

優佳が英文を眺めながらいった。「これ『米福粟福』？　英訳があったんだね」

李奈はうなずいた。「ニューヨーク電子図書データベースからダウンロードしたの」

「英語圏の人が結末を読んで理解できるのかな。いじわるな継母《ままはは》と粟福が、田んぼに落ちて宮入貝になっちゃったってオチ」

「米福の幸せを妬《ねた》んで、うらやましがってばかりいたから、うらつぶになった……。うらつぶは宮入貝の別名でしょ。昔話によくある駄洒落《だじゃれ》と因果話、教訓話だよね」

夕子は老眼鏡をかけていた。「原語でしか解釈できない言葉遊びや文芸的表現は、漏れなく注釈がついてる。注釈の書式もさだめられてる。文学テキストマイニングッールは、ちゃんとそれらの注釈も拾って考慮するの」

優佳がため息とともに書類を伏せた。「最新のＡＩが原典を突きとめられなかったんだから、もうどうしようもないのかぁ」

曽埜田が物憂げにつぶやいた。「やるだけはやったよ」

「そうだよね……。なんだか悔しいけど」

「ＲＥＮの小説を解析してやりたいよな。パクりを証明できないのかな」

夕子の顔があがった。「ＲＥＮって？」

「いえ」優佳が笑ってごまかした。「関係のない話ですので……」

李奈はＲＥＮについて曽埜田にいった。「ＫＡＤＯＫＡＷＡの法務部の人に相談したんですけど……。弁護士さんの見解では、文学の世界で科学的なエビデンスとみなされていても、法廷では間接証拠のレベルだろうって」

「間接証拠？」

「ようするに状況証拠。共通項がたくさんあって疑わしいというのを、もっと具体的に挙げ連ねたにすぎない、そうとらえられがちだそうです」

「なんだって。決め手にならないってのか？」

「ええ……。文章がちがっている時点で著作権法違反じゃないし、翻案権の侵害が争点なら、その状況証拠がどれだけの意味を持つか、法曹関係者も判断しかねるだろうって……」

「納得できないな。学会が認める解析なのに」

「もともと翻案権侵害が疑われてるわけだから、似てるのは当たり前だと居直られる可能性が高いそうです。そのうえで状況証拠でしかないと、向こうの弁護士が反論してくるって」

夕子がまた口をはさんだ。「なんの話かはよくわからないけど、DNA型が裁判で証拠採用されるようになるまでにも、紆余曲折《うよきょくせつ》があったでしょ。文学テキストマイニングが裁判で証拠になった判例はきいたことがない」

曽埜田が不満顔で黙りこんだ。李奈はREN騒動を頭から追い払った。RENという個人はひとまず脇に置き、何者かの犯行を仮定してみる。グライト出版の誰かが、李奈の目を裁判から逸《そ》らすため、脅迫メールを寄越《よこ》した。シンデレラの原典を追わせることで、訴訟準備を妨害した。ありえなくはないが、可能性はどれぐらいだろう。たった七日間の妨害に、どんな意味があったのか。あれこれ考えても答えは見つからない。

李奈は頬杖《ほおづえ》をついた。着信のないスマホの画面を眺める。

佐田千重子を名乗る脅迫者は沈黙したままだ。李奈のほかにも、大勢の脅迫対象がいて、一律にシンデレラの原典を探させていた。そんな優佳の推測はうなずける。そのうち誰かひとり、あるいは数人から納得のいく回答を得た。脅迫者の目的はとっくに果たされている、そう考えるべきだろうか。

どんな回答だったのだろう。案外エジプトの遊女《ロドピス》という結論でよかったのか。だがありきたりの回答で脅迫者は満足できるのか。そもそも脅迫者は、なぜシンデレラの原典を知りたがったのか。そこが依然として謎だった。

テーブル上の書類を眺める。文学テキストマイニングによる解析には非の打ちどころがない。懐疑的だった部分も報告書により払拭《ふっしょく》されている。

それでもどこか腑《ふ》に落ちない。なにかがしっくりこなかった。原典不明、発祥の特定不可。そんな結論だけで片づけていいのか。

実証はたったひとつの揺るぎない根拠さえあればいい。しかし不明であることを証明するとなると、あらゆる可能性を検証したうえでなければ、とうてい断じられるものではない。文学テキストマイニングツールがいかに優秀でも、一回の解析ですべてをあきらめるのは早計な気がする。

ただし同じことを繰りかえしても、当然ながら同じ結果にしか行き着かない。見方を変える必要がある。だが具体的にどうするべきだろう。

スマホの着信音が鳴った。優佳がハンドバッグをまさぐり、スマホをとりだした。席を立ちながら応答する。「はい。あ、菊池さん。なんですか。……え？　ほんとですか⁉」

ふいに優佳が黄いろい声を弾ませた。李奈は曽埜田と顔を見合わせた。よほど嬉《うれ》しい知らせがあったようだ。

優佳は満面の笑みとともにうなずいた。「はい。それはもう、ありがとうございます。……ただちにそうします。それじゃまた」

通話を切った優佳が、意気揚々とテーブルに戻ってきた。「『初恋の人は巫女だった』一巻から三巻、重版かかりました！」

「マジで？」曽埜田が目を丸くした。「角川文庫だけに小ロット重版……」

「それがちがうの。なんと一巻が二万部、二巻と三巻が一万部。夏のカドフェスにシリーズを並べてくれるって」

李奈は思わず笑顔になった。「大幅重版じゃん。おめでとう」

「ありがと」優佳が自分のノートパソコンを開いた。「さっそく直しを菊池さんにメールしなきゃ」

曽埜田がきいた。「直し？」

「重版がかかるなら、気になってたところを修正するチャンスでしょ。単純なミスも数か所あるし」

「ああ。あれだな。あるある探検隊っぽくいえば〝見本で見つかる誤字脱字〟ってやつだ」

「ほんとそれ。小説家あるあるだよね。ゲラでしっかり校閲校正したはずなのに、見本《みほん》本《ぽん》が届いたとたん、お間抜けな凡ミスが目に飛びこんでくる。もう直すには遅いし、初版本はあきらめるしかない」

「修正するといっても、大幅に行がずれるのは御法度だろ？」

「心配ないって。一行か二行以内で吸収できる修正だから。ええと、たしかファイルにまとめておいたはず……」

ふたりの会話をきくうち、李奈が感じていた闇に、一縷《いちる》の光が射しこんだ気がした。

重版時の修正。そうだ、その可能性を忘れていた。なぜ思いつかなかったのか。考えるまでもない。売れない小説家ゆえ、いままでいちども重版の恩恵にあずかっていないからだ。経験のないことだけに頭に浮かばずにいた。

アガサ・クリスティーの『そして誰もいなくなった』の原題も、『十人の小さな黒人』『十人の小さなインディアン』『十人の小さな兵隊』と変わっている。舞台も黒人島、インディアン島、兵隊島と変更された。わずか七十年ていどのできごとだ。

「修正！」李奈は顔をあげた。「文学なら版を重ねるごとに修正が加えられてる。シンデレラ譚みたいに古い物語ならなおさら」

三人はピンとこなかったらしく、鳩が豆鉄砲を食ったような顔を向けてきた。

夕子が仕方なさそうにいった。「杉浦さん。版が改まった結果、当初のままの文体じゃなくなってるから、文学テキストマイニングの解析結果が揺らいでるって？　あなたはちゃんと初版をサンプルに選んでるでしょ。グリムの短編も……」

「ええ。グリム兄弟著『Aschenputtel《アシェンプテル》』は七回も版を重ねてますが、スキャンしたのは初版です。でも出版前にも原稿は直されてるでしょう」

優佳が眉《まゆ》をひそめた。「そりゃ十九世紀のドイツでも、原稿をいきなり印刷所にはまわさなかったでしょ。ゲラが何回でたかは知らないけどさ」

李奈は優佳を見かえした。「『グリム童話集』はそれまでの昔話集《メルヒエン》にくらべて、文芸的アレンジが少ないの。わりと口承のままで、言葉遣いも口語的で粗野、一篇も短い。これが版を重ねると、風景や心理の描写、会話が増えていった。残酷な描写は削除されたし、短編が丸ごと姿を消したりもした」

伝承をそのまま書き留めることを重視したのは、兄のヤーコプ・グリムだったといわれる。序文によれば、兄弟がドイツじゅうを歩きまわり、古くから語り継がれてきた物語を民衆からきき集めたのだという。それを口述どおりに文字に起こしたことが売りになっていた。

しかし弟のヴィルヘルム・グリムは、読み物としての完成度を重視していたらしく、版を重ねるごとに修正を加えていった。真っ先に妊娠や近親相姦《きんしんそうかん》といった、性にまつわる表現を排除。さらに母親の虐待については継母《ままはは》に改めることが多かった。

とはいえマイルドになるばかりではなかった。グリム版シンデレラ『アシェンプテル』の終盤、継母たちが鳩に目を突かれてしまう因果応報は、のちの版で付け加えられた。李奈たちがスキャナーで取りこんだのは初版、継母らが盲目にならない結末だった。

李奈はいった。「初版の時点でもヴィルヘルムは執筆に参加してる。民衆による口述のままの初稿があったとして、ヴィルヘルムは何度か書き直すうち、ラテン語の文献から別のエッセンスを引用したり、アレンジを加えたりしていった」

夕子がじれったそうに唸《うな》った。「そもそもグリム兄弟は、初版時点で四分の一の物語を、ラテン語の文献に基づいて書いてるのよ。最初からドイツ民話集じゃなかった。

しかも民衆といっても、富裕層に取材したから、フランス出身者も含まれてて……」

シンデレラ譚《たん》も紛れこんだといわれる。当時フランスでは、ペローがすでに『サンドリヨン』を著わしていたからだ。

李奈は夕子を見つめた。「重要なのはグリム兄弟が、序文の宣言に反し、当初から創作に意欲を燃やしていたことです。民話に忠実な再現が前提ではなかった。刊行前にも面白さを優先し、改稿を何度もおこなったでしょう」

「それで？」夕子が見かえしてきた。「文学研究は出版された物が対象になって当然でしょう。刊行前の原稿の書き直しは、創作の過程でしかないとみなされる」

「おっしゃるとおり文学研究ならそれでいいんです。でもいまはシンデレラ譚の原典を探してる。伝承のまま書き留められた物だけをサンプルにすべきです」

「いってることはわかるけど、有名な著作の単純比較だけでも、著者が生きた時代と場所の文化的背景を含め、相互の影響は浮き彫りになる」

「それも文学研究が前提の考え方なんです。シンデレラ譚の有名どころを百篇、世界じゅうの代表作ばかりを網羅した時点で、伝承より文学を重視してたんです」

曽埜田が真剣な目を向けてきた。「有名無名を問わず、あきらかに伝承の口述筆記とされる文献のみを、サンプルにすべきって話だな？」

「そうです。『米福粟福』にしても、和化漢文で書かれた、粟拾いが含まれるバージョンがありますよね？　ニューヨーク電子図書に採用収録された決定版より、そっちをサンプルにしなきゃいけないんです」

夕子は険しい表情になった。「それはもう古文書研究の領域でしょ。作者不詳の書き遺《のこ》しばかりをサンプルにするの？　英訳も標準文体への変換も、ほとんど独自解釈で補わなきゃいけない。解析結果がでたとしても、学術的なエビデンスにはほど遠い」

優佳が穏やかにいった。「美和さん。世間に代表作とみなされるサンプルを含む時点で、文学的権威性が優先されているのかも……。再度おこなう文学テキストマイニングの解析結果が、論文として通用しなくても、伝承のルーツをたどるにはそのほうがいい。李奈はそう主張してるんだと思います」

「それはやはり文学研究とは呼べない……」夕子は口をつぐんだ。あきらめたような面持ちがひろがる。「そうね。うちが扱うような文学研究ではなくなる。もういちどＴＤＩ社に依頼するにしても、うちは資金援助できないかも。ＴＤＩ社の自社負担も期待できなくなる」

李奈は困惑をおぼえた。「そこをなんとか……。たしかに文学研究から一歩踏みこんだ分析になると思いますが、それにより文学作品の成り立ちの解明につながるかと」

「科学的客観性が失われる。わかる？　文学研究のためのサンプル抽出なら、一定のルールがさだめられているし、そこから弾《はじ》きだされる解析結果も信用に足る。でも前例のない基準でサンプルを集め、文学テキストマイニングツールにかけたところで、結果は独自研究のあやふやさから抜けだせない」

「学会のお墨付きを得られないものであっても……」

「あー」夕子がしかめっ面になった。「伝承のルーツさえ発見できれば、そこからシンデレラ譚の文学的成立過程を見直せる、そういいたいんでしょ。でもそれなら、あなたのやろうとしていることは、実際の解析の一歩か二歩手前、仮説検証の段階でしかなくなる」

「駄目でしょうか」

「変則的な基準に基づく文学テキストマイニングは、ＴＤＩ社が受け付けない。理由は解析結果がそのままエビデンスにならないから」

「いままでの事情を話しても無理なんですか」

「あなたはちゃんとしたデータ解析用ツールを、いい加減な思いつきの独自研究に利用しようとしてるだけ。やり方もでたらめすぎる」

「あくまで参考になればいいと思ってるんです。結果が予想できなくても、なんらかの手がかりがつかめれば……」

「食材を手当たりしだいに鍋に放りこんで、なにができるかは運まかせ。そんな話にきこえるけど」

「あえて否定しません……」

夕子がため息をついた。「よく考えて。和化漢文で書かれた『米福粟福』の原型とおぼしき話を、どう文学テキストマイニングに適用するの？ 科学的客観性のあるルールに基づいて現代語訳してから英訳。しかも二段階の翻訳中に意訳が含まれてはならない。そんな厳しい条件で、いったい誰に依頼するの？」

「ネットで探せば、きっと専門家が見つかるでしょう」

「そりゃ翻訳できる人はいるでしょ。わたしの知り合いにも皆無ってわけじゃないし。でも問題は引き受けてくれるかどうか」

「研究の意義を伝えていただくことで、なんとか説得していただけませんか」

「わたしから？」夕子はあきれたように首を横に振った。「あなたにはできるだけ協力したかったけど、さすがに論外。鹿丸千重子さんに希望をあたえるのと、あなたの出版ビジネスのためだけに、そこまでの助け船はだせない」

「でも」李奈はすがるような思いとともにいった。「美和さん……」

「無理」夕子が腰を浮かせた。「明日《あした》はここで協会員の研究発表があるの。もう帰って」

優佳が震える声でささやいだ。「わたしのためだったんです」

夕子が静止した。妙な顔で優佳を見つめる。沈黙がひろがるなか、夕子が優佳にきいた。「どういう意味？」

「李奈は脅迫メールを受けとっていました。シンデレラの原典を突きとめないと、友達を酷《ひど》い目に遭わせるって」

動揺せざるをえない。李奈は優佳を制した。「やめて」

「いいから」優佳の潤みがちなまなざしが李奈を見かえした。いまにも泣きだしそうな顔が夕子に向き直る。静かな口調で優佳がいった。「脅迫者が誰かはわかりません。でも李奈はわたしのために努力してくれたんです」

夕子は当惑をしめした。「そのメールを見せて」

「ぜんぶ削除しちゃいました……。脅迫者から指示されたので」

「警察に通報しなかったの？」

「はい。それも禁止されてたんです。命令に背いて、わたしが傷つけられるのを回避するために」

「そんな話を信じろっていうの？　小説家のあなたたちなら、いくらでも架空の物語を思いつくでしょ」

曽埜田が夕子を見つめた。「美和さん。僕のこのざまは、脅迫者に危害を加えられたからです」

「なにが……」夕子は一笑に付そうとしたが、すぐに表情をこわばらせた。「たしかなの？」

「まちがいありません。杉浦さんは僕を守ろうとして、友達でないふりをしました。でも見抜かれました。僕が飯田橋駅で、階段から突き落とされたのはその直後です」

「見抜かれたという根拠は……？」

「その後のメールには僕の名が挙がっていました。犯人が自分のしわざだと認めたんです」

また沈黙が降りてきた。今度の静寂は長引いた。夕子は立ったまま視線を落とした。椅子の背に手をかけ、指先を上下させる。なにかを喋《しゃべ》りかけてから、また口をつぐむ。

しばらく時間がすぎた。夕子は深くため息をつき、椅子を引いた。着席しながら夕子はいった。「杉浦さん。伝承に近いサンプルと簡単にいうけど、目星はついてるの？　和化漢文の『米福粟福』の原型以外に」

李奈のなかに奮い立つものがあった。「九世紀のアラビア語の写本『千の夜の物語の書』を、シカゴ大学がエジプトから購入したとき、『足飾り』の原文らしき古文書の断片が見つかりました。その棚にある洋書『All About The Arabian Nights』に写しが載ってます」

「よく気づいたのね。日本語の研究本にもたびたび触れられてたから？」

「はい。ほかにチベットのポタラ宮にあった、十六巻二千余りの貝葉経《ばいようきょう》のなかに、庸西を主人公にした『奴隷の娘』が載ってます。中国政府が文字をスキャンし、ネットで公開してます」

「アラビア語とチベット語の古文に精通する専門家が必要よね。しかも現代語訳と英訳が可能な」

「中国語も……。『葉限《イエ・シエン》』の物語は、唐時代の随筆民話集『酉陽雑俎』に載ってますが、原文は台湾電子図書院が公開してます」

「それはサンプルにならないと思う」

「なぜですか」

「イエ・シェンの物語の原型は、壮族《チワン》の伝承。チワン族は中国大陸南部からベトナム北部に住んでた。だから原型は『タムとカム』の可能性がある。そっちなら漢字で書かれた最古の文献が事典に載ってる。明《みん》の成化《せいか》以後、嘉靖《かせい》初期に似た字体の」

乾いた心が沁《し》みるように温かく潤ってくる。夕子が具体的なアドバイスをくれた。

李奈はうなずいた。「ビザンツ帝国の石碑に彫られた、テオドラ皇妃を主人公にした物語も、全文の画像を洋書で見ました。芸人の娘がユスティニアヌス一世の妻になったのは事実ですが、片方の靴を落とす話が付け加えられてます」

夕子はやれやれという顔になった。「各掲載書籍の著者に仕事を依頼するのが、いちばん早いでしょうね。幸いにも多くはうちの協会員だし……。ごく短い物語がほとんどだから、やってくれないこともないでしょう」

天にも昇る気持ちとは、まさにこのことだ。李奈は頭をさげた。「お願いします！　どうか……」

「当時の伝承に近いという基準のみでサンプルを選び、英訳して文学テキストマイニングで解析する……。とても風変わりな試みだし、文体を勘で補って整えなきゃいけないから、その時点で科学じゃなくなる。なにより期待した結果にならないかも。それでもやるの？」

「はい……」

「期限はあるの？　まだ脅迫はつづいてる？」

「いえ。脅迫者からのメールは途絶えてます。でも今度の解析結果は、シンデレラ譚《たん》の原典を探るのみならず、ひとつの真実を浮かびあがらせるかも」

「真実ってなに？」

「まだわかりません。でも重要なことです」

現時点では直感でしかない。しかもおぼろげでふたしかな像だった。だが勘が正しければ、すべては脅迫者に結びつく。立ちはだかる不可解の壁に風穴を開け、真相を白日の下に晒《さら》しうるかもしれない。だからこそためらってはいられない。

夕子が世間話のような口調でいった。「世界最古の推理小説って、ポーの『モルグ街の殺人』だといわれてるでしょ。外国文学の研究家として、わたしはその意見に賛成できない。ディケンズの『バーナビー・ラッジ』のほうが先だし」

「ずっとむかしに遡《さかのぼ》れば、聖書にも謎解き話はありますよね」

「日本の古典文学にもミステリはあるのかしら」

「『古事記』でスサノオが、川に箸《はし》が流れてくるのを見て、上流に人がいると推理するくだりがあります」

「そう。面白い」夕子がじっと見つめてきた。「なぜそんな話をしたかといえば、わたしも少しは、推理小説という大衆文学をかじってると伝えたかったの。親切すぎる登場人物は、じつは犯人の可能性があるのよね？」

李奈は微笑した。「美和さんご自身のことをおっしゃってるんですか？　全然そんなふうには……」

「ならなぜ力を貸すと思う？」

「わたしたちのためを思ってくださってるんです。ちがいますか？」

夕子の目が李奈をまっすぐにとらえる。真意を問いただすようなまなざしだった。しかしほどなく夕子は、納得したように表情を和らげた。「よかった。あなたに疑惑を持たれたままじゃ居心地が悪いもの」

「美和さん。お心遣いに感謝申しあげます……。お忙しいのに、わたしたちにつきあってくださって」

「そんなことはいわないで。乗りかかった船だし、わたしも真実を知りたい」夕子がふたたび立ちあがった。「明日《あした》の会合は遅らせられないから、きょうじゅうにサンプルだけでも集めないと。伝承に近い原著が多く載ってる事典なら会議室にある。持ってこようか？」

「ぜひお願いします」李奈は腰を浮かせた。

「まってて」夕子がテーブルを離れ、ドアへと歩き去った。

曽埜田が夕子の背を見送ってから、李奈に向き直った。「いい人だね。出会いに感謝しなきゃ」

優佳の顔を不安のいろがかすめた。「同感だけど……。こんなことをいっちゃ失礼かもしれないけど、ほんとに美和さんを信じていいのかな?」

「ええ」李奈のなかに静かな昂揚《こうよう》があった。「これがミステリ小説なら、もう残すところ二章ぐらいだと思う。謎解きとエピローグだけ」

21

朝九時すぎ、李奈は文京区のビルに入っていった。エレベーターで七階に昇る。そのワンフロアがグライト出版だった。

訪問するのは初めてだ。エレベーターを降りると、すぐそこに受付カウンターがあった。女性社員はおそらく派遣だろう。目が合ったものの、李奈はなにもいわず、カウンター脇の通路に向かった。

「ちょっと」女性社員があわてる声を響かせた。「ご用件は?　お約束はおありですか」

李奈はなにもいわなかった。ただ通路をぐいぐいと進んだ。両側の壁はパーティションでしかない。開放されたドアのなかに編集部が見える。大勢の社員が働いていた。もっとも文芸の担当は飯塚のほか数人だときく。ほとんどは商売にならない専門書づくりに携わっていると思われた。親会社の税金対策で生まれた会社、しかもRENの小説が多大な利益を上げている。浪費はかまわないのかもしれない。

通路沿いのパーティションの一か所だけ、レンガ調のサイディングが張られた区画があった。マホガニー材のドアが閉じきっていた。社長室にちがいない。いまは特に用がない。李奈はその前を素通りした。

女性社員の声が追いかけてくる。「おまちください。勝手に入られては困ります」

行く手から男性の声が耳に届く。よく通る年配の声。ききおぼえがあった。戸賀崎弁護士の低い声が響き渡った。「このようにシンデレラに類する物語は、世界の文献に七百六十以上、伝承を含め三千にのぼります。うち有名な百篇を偏りなく抽出、株式会社TDIによる文学テキストマイニングの解析結果は……」

予想どおりの状況だった。戸賀崎弁護士の事務所に電話したところ、けさはグライト出版に赴く、秘書がそう答えた。社員を集めて報告がおこなわれるとすれば、いましか考えられなかった。

李奈はノックもせず、いきなりドアを開け放った。戸賀崎弁護士の声が途絶えた。

ドアの向こうは消灯し、やけに薄暗かった。広めの会議室だとわかる。プロジェクターが壁のスクリーンに画像を投影している。その明かりのおかげで、周りがぼんやりと照らしだされる。スクリーンの脇に、白髪頭に黒縁眼鏡、四角い顔の戸賀崎が立っている。ぎょっとして李奈を見つめてきた。

戸賀崎は書類を手にしていた。スクリーンに表示されているのは世界地図。馴染《なじ》みのワードが並んでいる。ペロー『サンドリヨン』、グリム兄弟、バジーレ。『足飾り』や『タムとカム』。HRT値にLCV値、EQ値。李奈がTDI社から受けとったAnalysis_resultファイルだった。

室内のほかのスーツらも、戸賀崎弁護士と同じく、驚きの反応をしめしていた。会議テーブルは壁際に押しやられ、みな椅子をスクリーンに向けている。李奈を振りかえる顔は一様にいかつく、表情も厳《いか》めしかった。担当編集者の飯塚がいる。グランドハイアット東京のロビーで見かけた社員たちも多く含まれる。初めて見る年配者らは重役陣かもしれない。

ひとりだけカジュアルファッションの青年がいた。小柄な痩身《そうしん》を丸首シャツとマウンテンパーカーに包んでいる。長髪に洒落《しゃれ》たパーマがかかっていた。

RENこと竹藪邑生一は、椅子から立ちあがることなく、ただ唖然《あぜん》とした顔を向けてきた。

戸賀崎弁護士が憤りのいろを浮かべた。「なんだね？　杉浦さん。あなたを呼んだおぼえはないが」

李奈はRENのもとに歩み寄った。なおも着席したままのRENを見下ろし、李奈はきっぱりといった。「わたしのパソコン返してくれますか。窃盗でしょう。曽埜田さんを階段から突き落としたのも、傷害ですよね」

室内は水を打ったように静まりかえった。誰も身じろぎひとつしなかった。

RENは固唾《かたず》を呑《の》んで見上げてきた。瞳孔《どうこう》の開いた目が李奈を凝視する。間近で向き合っているだけに、頬筋《きょうきん》の痙攣《けいれん》が如実に観察できる。

「杉浦さん」戸賀崎弁護士が近づいてきた。「すぐでていかないと警察を呼ぶぞ」

「呼んでください」李奈は戸賀崎を振りかえった。「先生も窃盗の片棒を担いだことになりますよ」

また沈黙がひろがった。戸賀崎はドア脇に立つ女性社員に目を向けた。女性社員は怯《おび》えきった表情でたたずんでいる。

着席中の年配者のうち、最高権力者らしい威厳を漂わせる男性が、女性社員にうなずいた。おそらく社長だろう。通報を承認した。女性社員が通路を走り去った。

戸賀崎弁護士が李奈を睨《にら》みつけた。「窃盗とは聞き捨てならんな。なんの話だね」

「それです」李奈はスクリーンに顎《あご》をしゃくった。「文学テキストマイニングの解析結果。つい先日、国際文学研究協会がＴＤＩ社に依頼したものです」

ざわっとした驚きの反応がひろがる。社員の大半がその事実を知らなかったのはあきらかだ。

なおも戸賀崎は硬い顔だったが、当惑の感情が見え隠れしだした。「国際文学研究協会？　正式な依頼か？」

「ええ」李奈はうなずいた。「美和夕子事務局長にきいてもらえばわかります」

ＲＥＮが身を乗りだした。「どこの誰が依頼したとしても、解析結果はＴＤＩ社に帰属し、データベースのひとつに加えられてる。申しいれれば借りられる」

「申しいれれば？」李奈はＲＥＮを振りかえった。「たしかに解析結果は参照できますが、まだ申しいれてないでしょう。これから発注するんですよね？　裁判の提出資料に用いるため、ＴＤＩ社から解析結果の提供を受けるには、弁護士の先生が手続きする必要がある。すべてはこれから。ちがいますか」

　戸賀崎弁護士がじれったそうに声を張った。「これは社内会議だ。外部の人間が首を突っこむことは許されない。しかもあなたは訴えを起こそうとする側だろう。ここに来ること自体が問題視されるぞ」

「先生」李奈は臆《おく》さなかった。「RENさんがこの解析結果を見せたんですよね？情報の提供者は匿名だったといって」

「答える必要はない」

「情報源は不明でも、内々でチェックしたところ、裁判での有効な証拠になりうると思った。だから事前にこれを見たことは伏せ、TDI社に同じ解析結果の提供を、正式に求めるつもりだった。裁判で使いたいと申しいれて」

　TDI社にデータ提供の対価を払うため、社内上層部の承認を得るための会議。いまはそんな状況だろう。裁判にどのような勝算があるのか、顧問弁護士が社長らに説明する極秘会議でもある。

「裁判？」戸賀崎弁護士はとぼける態度をとった。「なんの話かわかりかねる」

「そこにあるじゃないですか。世界じゅうのシンデレラ譚《たん》について、相互の影響を調べた、文学テキストマイニングの解析結果です」

「文学テキストマイニングなるものが、裁判の証拠になった判例でもあるのかね？」

詭弁《きべん》だ。李奈は首を横に振ってみせた。「直接証拠にはなりえません。でも状況証拠にはなりえます。まさしく状況をつまびらかにするために提出されるデータだからです」

「いってる意味がわからん」

「そうですか？　先生。RENさんは小説をパクるとき、元の文章をすべて書き換えてるので、著作権侵害には問えません。争える余地があるとすれば翻案権侵害のみ」

「パクるとはなんだ。侮辱になるぞ」

「翻案権は『北の波濤に唄う』裁判でも、地裁高裁と最高裁で判断が分かれました。最終的に破棄され、それが判例になったため、今回もRENさんのほうが若干有利です。でも天秤《てんびん》のバランスは危うく、逆に傾くことも充分にありうる。だから論理の補強が必要でした」

「なんの論理だ？」

「前にNHKが勝てた論理です。〝思想、感情もしくはアイディア、事実もしくは事件など表現それ自体でない部分、または表現上の創作性がない部分において、既存の言語の著作物と同一性を有するにすぎない著作物を創作する行為は、既存の著作物の翻案に当たらない〟」

「論理というより最高裁判決そのものだ」

「そうです。でもRENさんの小説は、あまりにも多くの別作品と似すぎています。その数をもって剽窃《ひょうせつ》があきらかと攻撃される可能性があった。裁判に負けるとすればそれが要因です」

「裁判の行方まで占い始めたか」

「世のなかには、いかに似通っていても、偶然同じアイディアやストーリーが誕生しうる。裁判に勝つためには、そんな論理について強化しておく必要があった。それが戸賀崎先生の勝算、裁判への対策だったんです」

有名な『シンデレラ』を例にとる。全世界に散らばる、きわめて酷似する物語の数々。それらが多発的かつ自然に成立したことを証明する、科学的な解析結果。グライト出版側の論理展開には理想的な証拠となる。

たしかに文学テキストマイニングによる解析は、過去の裁判に馴染みがない。ただ弁護側の主張を強調するものにすぎない、そうみなされるかもしれない。だが戸賀崎弁護士にとっては、それでかまわないはずだ。直接証拠ではなく、あくまで主張の背景を固めるための、別作品に関する状況証拠だからだ。

主観的に剽窃が疑われるほど似た物語があったとしても、世相や大衆の願望を反映し、ほぼ同一の内容が生まれることがありうる。そこだけ立証されれば、弁護側にしてみれば充分だろう。

翻案権が争われる場合の天枰は、どちらに傾くか微妙な状況にある。しかし最高裁の過去の判例により、ほんのわずかにREN側が有利。その皿に解析結果が載せられる。文学テキストマイニングとはなんであるか、その詳細が突き詰められれば、いっそうREN側にとって追い風になる。深く調べれば調べるほど、科学的エビデンスとしての有効性があきらかになるからだ。

李奈はいった。「ユニバーサル・シティ・スタジオが任天堂を訴えた『ドンキーコング』裁判で、原告は〝コング〟が固有名詞だと主張した。でも任天堂側の弁護士は、日本で〝コング〟という言葉が、巨大猿を意味する普遍的な名詞になってると反論した。裁判は任天堂の勝利。社会的背景は裁判の行方を大きく左右します」

戸賀崎弁護士は顔をしかめた。「きみの捉《とら》え方は素人然としているうえ、やや的外れだ。だがなにをいいたいかはわかる。否定はしない。私は文学テキストマイニングの解析結果なるものを知り、正式にTDI社に提供を依頼するかもしれない」

「そうお決めになったのは、このように事前に解析結果を知ったからですよね？　RENさんがそんな解析結果を入手していたことが、不自然だと思いませんか？」

「現状がどうあれ、裁判に臨むにあたっては、TDI社から正当に提供を受けた資料を提出する。なんの問題もない」

「RENさんが持ってたなんて、おかしくないですか。わたしが美和事務局長に頼んで、TDI社に解析してもらったデータですよ?」

戸賀崎の眉間《みけん》に皺《しわ》が寄った。「REN君。この解析結果はどこから譲り受けた?」

RENが戸賀崎にきいた。「答える義務はありますか」

「ない。いいたくなければそれでかまわん」

「いえ。それじゃ杉浦さんが納得しないでしょう」RENが澄まし顔で、くつろいだ姿勢をとった。「解析結果を送ってきたのは僕の支援者で、文学の専門家だ。名は伏せさせてもらう」

李奈はRENを見つめた。「どのように受けとったんですか」

「郵送物にメモリーカードが入ってた」

「その封筒やメモリーカードはありますか」

「もう処分した」

「メモリーカードも?」

「手もとにないな。コピーしたデータを戸賀崎先生に渡した。判断は先生まかせだし、それで問題ないと思った」

担当編集者の飯塚が立ちあがった。「杉浦さん。こんなことをいうのは気が引けるが、文学テキストマイニングなんてものは、私は初めて知った。戸賀崎先生やREN君も同じだろう。解析結果の価値など事前に知りようがないし、したがって盗もうと思うはずがない」

李奈はRENから目を逸《そ》らさなかった。「あくまでわたしから盗んだ事実を否定しますか」

「失礼な人だな」RENは座ったままつぶやいた。「きみとはホテルのスイートで会っただけだろう」

「飯塚さんがあらすじを考え、あなたはそのとおりに書いただけと主張してましたが」

RENの表情が硬くなった。飯塚が眉《まゆ》をひそめた。ふたりの主張には食いちがいがある。

「ああ」RENは悪びれずにいった。「飯塚さんからは、こういうものを書いてくれと、事前に頼まれるのが常だった」

すると飯塚はためらいがちに発言した。「私はごく単純に方向性を示唆したにすぎないんだが……」

盗作騒動が起きているのは事実だ。ゆえに飯塚も責任を押しつけられるのを嫌っている。いまのRENの態度は心外だったにちがいない。

飯塚と揉《も》めたくないと思ったのだろう。RENは担当編集者のせいにするのをやめ、居直ったような口ぶりでいった。「書いたのは僕だ。ぜんぶ僕のオリジナル小説だよ」

裁判で勝てるだけの材料を得た、それゆえの自信にちがいない。李奈のなかで反感が募った。「文学テキストマイニングなんて、あなたが前もって知らなくて当然です。わたしだって知りませんでした。でも『シンデレラ物語』についての噂だけはご存じでしたよね？」

RENが無表情にたずねかえした。「噂って？」

「原典はなく、世界じゅうのあらゆる場所で、多発的に生まれた物語だという……。最近の研究ではその説が主流になってたし、ネットを検索すればそんな記事がでてくる」

「検索したおぼえはないな。きみとちがって『シンデレラ』に興味を持ったことはない」

「でしょうね。興味深いことに『シンデレラ』とは無関係に、ただ〝偶然同じ小説が書かれた例〟と検索すると、その記事がでてくるんです。あなたも最初は、そんなワードで検索したんでしょう？　盗作ばかり連発して、売れたはいいけど問題になり、飯塚さんに真実を問いただされたときに」

室内はまた静まりかえった。全員の目がRENに釘付《くぎづ》けになっている。飯塚が緊張の面持ちでRENを見つめた。

RENが鼻を鳴らした。「なんのことだか」

李奈はいった。「わたしが謎解きの得意な小説家だなんて、おかしな記事がネットにでた。あなたはそれを見て脅迫メールを送ることを思いついた。親しい人を傷つけられたくなければ、シンデレラの原典を調べろと」

「……僕がきみを脅したっていうのか？」

「裁判に間に合うよう期限は七日後にさだめた。万が一にも疑いがあなたに向かないよう、週刊誌に載っていたシンデレラマニアのご婦人を怪しむよう仕向けた。ご婦人の本名を知ろうとして、〝千重子　シンデレラ〟で検索したけど、でてきたのは『古都』の主人公の名だけ」

だが鹿丸千重子を疑わせるため、千重子の名を残す必要があった。よって思わせぶりに、ネットの検索結果で目にしたままの氏名、〝佐田千重子〟を差出人名に採用した。

李奈はRENを見下ろした。「わたしがシンデレラの原典を解明しようと躍起になったとしても、結局は通説どおりの結論に達する、あなたはそう予想した。世界じゅうで偶然、多発的に同じ物語が生まれた、そんな結論に達すると確信してた」

「なんで僕がきみを翻弄《ほんろう》する必要がある？」

「あなたがほしかったのは結論じゃない。裁判でも通用するレベルの証明手段だった」

脅迫により、李奈を精神的に追い詰め、回答のみならず根拠を要求する。李奈は必然的に専門家を頼らざるをえなくなる。揺るぎない根拠とはすなわち、学術的にも有効な、客観性を持つ科学的裏付け。それがどんなものになるのか、RENにも予想はつかなかったはずだ。

李奈はつづけた。「あなたはシンデレラ譚《たん》について検索するうち、鍬谷准教授の死亡記事を見つけた。実家を訪ね、母親の果奈江さんに記者と名乗り、海上保安庁の報告書を見せてもらった。偽の名刺はこっそり回収。書類上の認定死亡の欄は、果奈江さんがお茶をいれに席を外した隙に、その場で黒く塗りつぶした」

ＲＥＮが吹きだした。「なんのために僕がそんなことを？」

「果奈江さんがご子息の遺体に対面したと、たびたび記憶ちがいを起こすのを見て、それを助長させようとしたんです。楓川准教授に対する悪口もきいた。あなたは書類に載ってた座標を、わたしにメールで伝えた」

「僕がそこまでした理由は？」

「鍬谷さんは事故死でしかなかった。でも捜査上疑わしい点が残ることを知ったあなたは、殺人のように謳《うた》い、わたしへの脅迫の手段とした。のちに今度は鍬谷さんが生きてると疑わせ、犯人にみせかけようともした。鍬谷さんを装って大学にメールしたり、果奈江さんに電話したりしたでしょう」

「面白くなってきた。さすが僕と同業者だね。ストーリーテリングに無駄がない」

「最初にメールを受けとった翌日、わたしが市原署に行くのは、あなたにも予想がついてた。でも張りこんだのがあなた自身とは思えない。調査会社の人を雇った？　電話の声を近くで立ち聞きし、あなたにそれを報告した。わたしが〝お兄ちゃん〟といったのを知り、すかさず兄に危害が及ぶことを、メールでほのめかした」

「病的なぐらい想像力が走るね。僕も見習わないと。それで？」

「優佳と曽埜田さんについては、自己紹介とその後の会話で名を知った。メールで優佳も傷つけると脅した。曽埜田さんには実際に危害を加えた」

「僕がやったってのか」

「調査会社の人が曽埜田さんを尾行したけど、突き落とすとまでは思えない。あなたには共犯者がいない。報告を受けてからバトンタッチして、飯田橋駅の階段で、曽埜田さんの背を突き飛ばした」

戸賀崎弁護士が口をはさんだ。「どこにそんな根拠が……」

「まった」RENが笑いながら戸賀崎を制した。「先生。僕はいま非常に創造性を刺激されてる。杉浦さんはまさにイマジネーションの宝庫だ。小説家はこうじゃなきゃ」

李奈は首を横に振った。「空想じゃありません」

「ああ」RENがうなずいた。「きみはノンフィクションも書くんだったな。でもこれはフィクションだ。悪質なフェイクドキュメンタリーというべきかな」

「フェイク？」

「そうとも。グランドハイアット東京での記憶も、いまや曖昧《あいまい》になってるのか？　僕は下のロビーにいなかった。優佳さんや曽埜田さんだって？　その人たちとも会っていない」

担当編集者の飯塚が同意をしめした。「たしかにそうだ」

李奈はため息とともに、一枚の紙をとりだした。それを飯塚に差しだす。

「なんだ？」飯塚が紙を開いた。

「それ」李奈はいった。「秋葉原の某電気店の通販サイトをプリントアウトした物です。見おぼえがありますよね？」

「……まさか」飯塚の顔がこわばった。胸のポケットから金いろのボールペンを引き抜く。印刷された画像と丹念に見くらべる。

RENも表情を険しくした。李奈にとっては予想どおりの反応だった。ここまで気づくとは思わずにいたのだろう。

李奈は紙を指さした。「盗聴器つきボールペン。音声を拾ったときだけ電源が入るので、フル充電で数週間もちます」

すかさずRENが食ってかかってきた。「濡《ぬ》れ衣《ぎぬ》だ。僕がそのボールペンをプレゼントしたのは、数週間どころか何か月も前だ。充電がもつわけがない」

たいした問題ではない。李奈はまたRENを見下ろした。「飯塚さんに会うたび、インクの残量を気にしてたそうですね。盗聴の必要が生じたときには、事前にボールペンを手にとり、フル充電したもう一本とすり替えたでしょう」

飯塚が愕然《がくぜん》とした表情になった。「REN君……」

「知らない」RENは語気を強め否定した。「もう一本なんて、持ってるはずがない」

「だが……。これは盗聴器を内蔵してるボールペンだぞ」

「僕もファンからプレゼントされたにすぎない」

「ブランドショップで買ってくれたんじゃなかったのか？　そういってたはずだが」

戸賀崎弁護士があわてぎみに割って入った。「どちらももう喋《しゃべ》るな」

RENは指示に従わなかった。「いえ！　侮辱されたまま放置できません。杉浦さん。脅迫メールを送信したのは僕だというんだな？　きみが僕のスイートに来てたとき、僕は戸賀崎先生と口論になった。きみはスマホを気にしてたようだ。あのときメール受信したんじゃないのか」

「時刻を指定して送信するメールアプリがあるのを知りました。わたしがスイートを訪ねる直前、あなたがセットしたんです。盗聴器でききつけた那覇優佳の名を打ちこんだうえで」

「そうか。ならききたい。そのメールはどこにある？」

李奈は黙りこんだ。会議室はしんと静まりかえった。

メールを削除するよう命じたのはＲＥＮだ。李奈は指示に背かない、ＲＥＮはそう確信していたらしい。事実としてすべてのメールは消去済みだった。優佳の反対を押しきってまで、李奈はそのようにした。

ＲＥＮは最初から、李奈が通報しないと予測していた。その予測は当たった。警察が動かない以上、メールの送信者については、ＩＰアドレスが調べられることさえない。

どうせＲＥＮは足がつかないように工夫している。ＧＰＳを内蔵しないプリペイド式スマホあたりを使っただろう。通信のたび変えたメアドも、すべてフリーメールでしかない。使用者を割りだそうとするだけ無駄なあがきだった。

Analysis_result ファイルは、ノートパソコンごと軽トラの荷台に放りこんだ。ＲＥＮに引き渡した記録はどこにもない。手もとにバックアップ・データも残さなかった。優佳や兄を危険な目に遭わせるわけにいかない、それが理由だった。

ＲＥＮはまんまと李奈の弱みにつけこみ、すべての目的を果たしたことになる。裁判で有利になるための提出用資料を入手済み。いまさら李奈が抗議しようとも、なんの証拠も残っていない。

李奈は震える声を響かせた。「文学テキストマイニング用のサンプルを揃えたのはわたしです。優佳や曽埜田さんも手伝ってくれました。美和事務局長も事情を知ってます。わたしたちがTDI社に依頼し、この解析結果を得たんです」

やれやれといいたげにRENは伸びをした。「そのへんの事情はまったく知らない。きみが関わっていたというのは驚きだが、とにかくこの解析結果は、ある専門家が僕に送ってきた」

「裁判に用いるのは反対です」

戸賀崎弁護士が異議を唱えた。「きみが反対しようと効力はない。たとえきみが最初に依頼したことであっても、ここにあるのはサンプルにすぎない。正式な証拠提供はこれからTDI社に依頼する。同社に帰属する解析結果をな」

グライト出版の幹部たちに安堵《あんど》がひろがった。辛勝を嚙《か》み締めるような表情でもある。なおも飯塚はRENに対し、猜疑心《さいぎしん》に満ちた目を向けていたが、会社の危機はいちおう去ったと考えているようだ。

李奈は戸賀崎弁護士を見つめた。「裁判に用いるべきじゃないといってるんです」

「きみがきめることではない。REN君の弁護士は私だ」

「真逆の結果を生むことになってもですか」

不穏な空気を察したらしい。戸賀崎弁護士がじっと見かえした。「どういう意味だ？」

プロジェクターの放つ光のなかへと、李奈は歩きだした。USBケーブルで接続されたパソコン、そのスロットからメモリーカードを抜きとる。持参したメモリーカードに挿し替えた。

マウスを操作する。画面上のウィンドウを閉じたのち、メモリーカード内のAnalysis_result ファイルを開く。

また世界地図が現れた。小さなアイコンが百個、各地に分布している。だが今度は様相がちがっていた。ヨーロッパから中東、インド、極東へと複数の直線が伸びていく。中国やベトナム、朝鮮半島に分かれたのち、直線のすべては日本に集約された。

李奈はスクリーンの前で振りかえった。「これが本当のシンデレラ譚《たん》の伝播《でんぱ》です。ご覧のとおり発祥は、縄文時代の日本です」

「なに!?」戸賀崎弁護士が頓狂《とんきょう》な声を発した。「そんな馬鹿な話があるか」

RENが立ちあがった。飯塚も同調した。ほかの社員らはざわつきだしている。

戸賀崎弁護士が目を瞠《みは》り、スクリーンに歩み寄ってきた。「いったいなんの茶番だ」

「茶番じゃありません」李奈は白く染まる戸賀崎の顔を見つめた。『『シンデレラ』の文学研究としては、さっきの解析結果が正しいんです。でも伝承を中心に考えればこうなる。それぞれの伝承に近い原文のみを、サンプルとして抽出し英訳したのち、文学テキストマイニングツールにかけました」

「……あくまでテキストに対する相関ルール抽出や、クラス分類、回帰分析がおこなわれた結果か」

「クラスタリングもです」

「伝承は自然多発でなく、ちゃんと発祥があって、世界に広まったというのか」

「解析結果が伝播を裏付けています。『米福粟福』の原型になった、栗拾いの話が発端なんです。推定される時期は紀元前六世紀。それが朝鮮で〝足を切る〟話が加わり、ベトナムで魚の要素が足された。さらに中国の纏足《てんそく》文化の影響を受け……」

「美人として見初められる証明が、ほかの女に履けない小さな靴になった」戸賀崎弁護士が信じられないという顔になった。「纏足文化が〝シンデレラの靴〟の発想の原点か。シンデレラ譚はアジア発だったのか」

表示されたデータを目で追えば理解できる。一見、自然多発的に見えるシンデレラ譚だが、縄文時代の『米福粟福』の前身こそ、最もシンプルで枝葉のない原典だった。シルクロードの交易が双方向だったように、文化の伝達も一方通行ではなく、またいちどきりでもなかった。隣国に伝わり変化したのち、新たな伝承として戻ってきたりもする。行って帰ってくるうちにルート上の文化が吸収される。しかも時代を経て、第二第三のバージョンの伝承が上書きされていく。そこに気づけば東から西へ、物語を構成する要素がどう増えていったか、AI解析結果をヒントにしながら浮き彫りにできる。

朝鮮半島に伝わった『栗拾い』の民話は、海に囲まれた環境ゆえ、まず援助者として魚が加わった。足斬りの懲罰も追加された。これが中国大陸で、のちに纏足と呼ばれる嗜好《しこう》文化と結びつく。足が小さければ小さいほど美人という思想は太古からあった。絶世の美人の靴は最小の靴であるとの理屈が、シンデレラの靴の原点だった。

中国で育った物語が、ふたたび朝鮮半島に逆輸入されたとき、牛の肉食を禁止した高麗の思想と結合した。ベトナムでは魚のみならず雄鶏《おんどり》や柿の木など、ほかの自然も援助者に加わった。

アジアから中東への交易の出発点は、長安《ちょうあん》や洛陽《らくよう》だった。このため朝鮮やベトナムの物語は、ふたたび中国に集約されたうえで、西へと伝わっていった。一回きりではなく、何回かの段階に分かれ、繰りかえし伝承がなされた。高麗で牛が追加されたからこそ、それ以降の時代において、チベットにシンデレラ譚が深く根を下ろした。しかしそのころにはすでに、最も古くに中国から伝わったバージョンの物語が、『アラビアン・ナイト』の『足飾り』になっていた。チベットにおける聖なる牛と『足飾り』に、ペルシャでイスラム文化が合わさり、ファティマの話が形成されていった。最古のバージョンは早々に中東からエジプトに達した。『遊女の靴《ロドピス》』の物語で、魚が姿を消したのは、舞台が砂漠だったからだ。仮にエジプトが発祥の地で、西から東に伝わったとすると、海のないイラク中央部のシンデレラ譚『シファー』で、魚が加わったことになり不自然だ。

のちに設定が消えるのは稀《まれ》な例であり、東から西へと伝わる過程で、物語の構成要素は増加する傾向にあった。いちど成立した要素は民話の背景に存在しつづけ、国ごとの土着の文化により、本筋に取捨選択されるのが常だった。ファティマの物語は南イタリアに行き着き、バジーレの『灰かぶり猫』の原型になった。海の多いアイルランドでは、ベトナムの不死の冒険が復活した。

それぞれの物語が成立した年代と、エピソードが獲得していった要素の順序を比較すれば、この歴史解釈こそ自然だとわかる。シンデレラ譚は極東に始まり、欧州へと伝わっていった。

戸賀崎弁護士が画面を見つめた。「仮説にはちがいない。しかし有力な仮説だ……」

ＲＥＮが目を剝《む》き、動揺をあらわにした。「先生！　なにを乗せられてるんですか。先生は僕の弁護士でしょう。それぞれの伝承に近い原文？　サンプルの基準が曖昧《あいまい》ですよ。証拠になんかなりません」

李奈は戸賀崎弁護士にいった。「先生がさっきの解析結果を裁判に提出するなら、わたしたちの弁護士はこれを提出します。文学作品としてのシンデレラ譚が成立した背景には、民話の伝播があったんです」

「……裁判所が証拠として認めるかな」

「先生が提出する証拠と同じ、文学テキストマイニングによる解析ですよ。一方に信《しん》憑性《ぴょうせい》があるなら、もう一方にもあるでしょう」

「あるいはどっちも無視されるか」プロジェクターの強烈な光が、戸賀崎の虹彩《こうさい》を淡いいろに染めていた。「双方とも結局は間接証拠の曖昧さを残す。そのなかで印象づけられるものがあるとすれば、民話の伝播が背景にあったという可能性のみだろう……。私たちの証拠提出は無意味だ」

ＲＥＮが憤然と歩み寄ってきた。「先生。公正な判断を下してください。勝手に会社に乗りこんできた女が、わけのわからない持論を展開しただけです」

戸賀崎弁護士はＲＥＮを見つめた。「私は公正に判断してる。残念ながらきみの提供してくれた資料は、裁判での強い武器にはならないようだ」

「はぁ!? いまさらなんです!」RENが戸賀崎弁護士に詰め寄った。怒りに満ちた顔が、プロジェクターの光に照らされ、半々ずつ明暗に割れている。怒髪天を衝《つ》く勢いでRENがわめいた。「ならほかに勝てる材料を見つけてくださいよ! 勝ちを請け負うのが弁護士でしょう」

「……ちがうよ。弁護士が勝ちを請け負うことは禁じられてる」

むきになるRENの態度は、小柄で痩身《そうしん》のせいもあってか、どこか陰キャの暴走を思わせた。「ならなんのためにここにいるんですか! 報酬泥棒の役立たずじゃないか!」

戸賀崎弁護士は口を固く結んだ。「REN君。正直に答えてほしいんだが、さっきの解析結果。あれはどこで入手したんだ?」

「だから! 専門家から送られてきたっていってるだろ。あくまでサンプルだ。正式な提供依頼は、これからTDI社におこなうんだろ? なんの問題もないじゃないか!」

「誰かがREN君に送ったとしても、盗んだデータの可能性があるな」

「なわけない! これを僕に送ったのは、信頼できる人だよ。あれだ、外部流出させたのかもしれない。僕を救おうと思って」

李奈は半ばあきれながらいった。「専門家ならAIによる解析結果だけじゃなくて、自分なりの分析を明確にするはずでしょう」

「明確にしてあるとも」RENは手にしたスマホの画面に目を落とした。「いいか。ええと、シンデレラ譚《たん》ってのは、封建社会や男尊女卑が背景にあった中世以前の世界各地において、おもに女性の普遍的な願いがフィクションとして体現化されたものであり、相互のつながりもなく多発的に共通の物語が生じたと考えられるんだ」

RENが読みあげたのは、李奈が解析結果に添えたテキストだ。しかもいまでは情報が古くなっている。だがRENは弁護士ら味方を失うことを恐れたらしい。李奈に軽蔑《けいべつ》されるのを承知で持ちだしてきた。

李奈はささやいた。「少なくとも遊女《ロドピス》の話が多方面に影響をあたえたって説は、かねて根強かったでしょう。否定する根拠はAIの解析結果だけなんですか?」

「だけじゃない!」RENはふたたびスマホの画面を睨《にら》みつけると、うわずった声を響かせた。「古代ギリシャのヘロドトスが言及していても、遊女《ロドピス》の話を原典とは証明できないんだ」

「なぜですか」

「アルキメデスがいったように、歴史を逆に学ぶことはできない。ナリラウギスの定義に照らし合わせても同様だ。シンデレラの原典はひとつに絞りこめない、そう結論づけられるんだ！」

怒鳴り声が室内に反響した。プロジェクターのファンの音が、やけにうるさくきこえる。それぐらい静まりかえっていた。

「……REN君」戸賀崎弁護士は無表情になっていた。「いや、竹藪君。この愚か者」

「な」RENは額に青筋を浮かびあがらせた。「なんだと？」

飯塚が怒りのまなざしをRENに向けた。「ヘロドトスなら知ってる。アルキメデスもな。だがナリラウギスってのはなんだ？　逆から読んでみろ！」

プロジェクターの光の照射を受け、RENの顔は真っ白に染まっていた。眼球が飛びださんばかりに目を剥いている。口はぽっかり開いた穴のようだった。

李奈はしらけた気分で、RENなるペンネームを持つ青年、竹藪邑生一を眺めた。スで終わるギリシャっぽい人名の三連発。どうせ衒学《げんがく》にすぎないと目が滑る。文章の内容をろくに考えもせず、卒論にコピペする学生と同じだ。竹藪は意味を理解しないまま、李奈の書いた文章を読みあげてしまった。

杉浦李奈を逆にしたのは、本当は反対意見だからだ。歴史は逆に学べる。

社長らしき年配の男性が、黙って立ちあがった。脇目も振らずドアに向かう。後ろ姿が通路に消えていった。

竹藪はふらふらと、社長のあとを追うように退室しようとした。

あきれた挙動だと李奈は思った。李奈は戸賀崎弁護士にいった。「会社が逃亡幇助《ほうじょ》に問われるかも」

「その可能性は低いが」戸賀崎が怒鳴った。「彼をフロアからださずにおくことを推奨する！」

社員がいっせいに竹藪に飛びかかる。竹藪は悲鳴に等しい声を発し、暴れながら悪態をわめき散らした。「畜生！　この四流出版社の社員どもが。小説なんかパクりゃいいんだよ！　おまえらそれで儲《もう》かってきただろうが！」

きいていられない。李奈は喧噪《けんそう》に背を向け、ドアを開け退室した。

通路を歩いていくと、制服警官らが駆けこんできた。李奈とすれちがい、怒号がこだまする会議室へと殺到していく。

陳腐な終幕、まるで大昔の二時間ドラマのようだ。李奈は『聖母《マドンナ》たちのララバイ』を口ずさみながら、グライト出版をあとにした。

22

夏が来た。都心のビル街が陽炎《かげろう》に揺らぐほど、強烈な熱波が押し寄せる。商業施設のなかは涼しくてありがたい。とりわけ書店であれば、李奈にとって至福のひとときになる。

丸善、丸の内本店。Mマークの掲げられたエントランスを入ってすぐ、新刊が平積みになった販売台がある。

李奈は優佳とともに、きょう発売のハードカバーに歩み寄った。題名は『シンデレラはどこに』。著者は鹿丸千重子。KADOKAWA刊。

優佳がため息とともにきいた。「いいの？　単行本でそれなりの価格だけど、初版は三千部ぐらいでしょ？　印税十パーセントとしても、たった六十万円。しかもそのうち二パーセントしか受けとらないなんて」

思わず苦笑が漏れる。李奈はこぼした。「ゴーストライターみたいなもんだし」

「ちゃんと名前でてんじゃん」

〝鹿丸千重子／著〟の下に、小さな字で〝ナリラウギス／編〟とある。実際に原稿を書いたのは李奈だった。それでも出版契約書の著者名は、鹿丸千重子になっている。

鹿丸千重子の住んでいたアパートの近くに児童養護施設がある。彼女は自分の死後、遺品を売った収益を施設に寄付してほしい、そう望んだ。千重子には身寄りがない。この本の印税は、遺品の売上金と合わせ、やはり寄付に充てるのがいちばんだろう。

表紙の写真は鹿丸千重子のコレクションの数々。売却前に撮影された。中心を飾るのは、縄文時代の栗拾いの人形だった。周りを世界各地のシンデレラ譚が彩る。

李奈は本を手にとった。カバー袖《そで》に著者の顔写真が載っている。アパートの部屋で見つかった写真だった。何年か前の姿だろう。自然な笑みを浮かべていた。李奈の手による略歴が添えてある。享年八十七、文末はそう結んだ。

連日徹夜で執筆し、出版も急いでもらった。それでも間に合わなかった。

優佳がきいた。「新しいパソコンを買って、印税も吹っ飛んじゃったんでしょ？」

「いえ」李奈は首を横に振った。「買ってない。盗まれたパソコンが戻ってきたし」

「あー、そうだったの？　竹藪容疑者の家宅捜索で見つかったんだっけ。もう返してくれた？」

「起訴も済んだし、証拠は充分揃ってるって」

「そういえば」優佳は辺りを見まわした。「RENの本、一冊も見かけなくなったね。

おかげで小説家たちのギスギスした空気も、ようやく緩和されてひと安心」

ずっと執筆に追われ、多忙をきわめていた。業界に平穏が訪れたかどうか、李奈はいまだ実感できていない。ただし与縄夫妻が仲直りしたという噂は耳にしている。今後しばらくは、みな一律に儲からない小説家どうし、波風が立つこともないだろう。また流行作家が突発的に出現し、テーブル上のチップを全部かっさらうまでは。

本のページを繰った。世界各地の伝承について、知りうるかぎりすべてを綴《つづ》っておいた。シンデレラの原典、それは縄文時代の『栗拾い』の物語だった可能性がある。

そこが本書の肝だった。

伝承の文学テキストマイニングの解析結果も網羅してある。ただし現状ではひとつの仮説にすぎなかった。学術的ルールに沿ったやり方ではないし、サンプルも可能な範囲で抽出したのみ、参照した文献に不完全なところがあるかもしれない。しかし風変わりな試みから、いままで見えてこなかった歴史の一部が浮かびあがった、そんな手応《てごた》えはある。いずれ本格的な研究が始まるきっかけになればいい。

いたるところに写真が掲載されている。半分以上が千重子のコレクションだった。巻末解説の筆者は、国際文学研究協会の美和夕子事務局長。奥付の謝辞にも、国際文学研究協会と株式会社ＴＤＩが併記してある。

李奈は本を閉じ、そっと平台に戻した。胸にせまるのは感慨ばかりではない、どこか寂しさの情がつきまとう。李奈はつぶやきを漏らした。「ひと目見てほしかった。できあがったこの本を」

「きっと見てるよ」優佳が微笑した。「喜んでくれてる。雲の上で王子様と手をとりあいながら。……あの世は歳なんか関係ないし」

なぜそう断言できるのか、根拠は不明だ。けれども李奈は否定しなかった。疑問も持ちたくない。優佳のいったとおりだと心から信じられる。強く願ったことはかなう。切なる望みは、いつかかならず果たされる。『シンデレラ』とはそんな物語ではないか。

李奈はささやいた。「〝美しさは女性にとって稀《まれ》な財産、みな見とれて飽きることはない。しかし善意といわれるものは、値のつけようもなく、はるかに尊い〟」

「『サンドリヨン』じゃん」優佳は笑いながらも、潤《うる》んだ目から零《こぼ》れ落ちそうになった涙を、すばやく指先で拭《ぬぐ》った。「『完訳ペロー童話集』だっけ?」

「そう。新倉朗子《にいくらあきこ》訳、岩波文庫」李奈は平台の前を離れた。「文学っていいよね。想像だけでも幸せな気分に浸れる」

「案外現実かもよ」優佳が歩調を合わせてきた。「曽埜田さん、いつでも乗馬の訓練

の人ショックを受けるって」

「白馬の王子様に迎えにきてほしいんでしょ。あー、李奈。そんな顔したら、またあ

「いきなりなんの話？」

ができそう」

あいかわらず口が減らない。李奈は笑った。「怪我が治ってよかった」

ふたたび夏の陽射しの下へと歩きだした。視野のすべてが原色に映える。絵本のように煌《きら》びやかだった。この世も童話と同じだ。辛《つら》い現実に直面しようとも、おかげで人生を学んでいける。希望に満ちた未来に目を向け、いつでも夢をみていられる。

解説

東《あづま》えりか（書評家）

『écriture 新人作家・杉浦李奈の推論』の一巻目が発売されたのは二〇二一年十月二十五日。そこから二か月に一冊というハイペースで新刊が出され、このⅣは四月二十五日に店頭に並ぶはずだ。面白さは折り紙付き、松岡圭祐という当代きっての人気作家の実力を改めて思い知らされているところだ。いやはや、すごい。

主人公の杉浦李奈《すぎうらりな》は二十三歳の小説家。小説投稿サイト「カクヨム」でKADOKAWAの編集者に見いだされライトノベルの文庫を三冊とハードカバーの一般文芸ミステリー『トウモロコシの粒は偶数』を上梓《じょうし》しているが鳴かず飛ばず。その後、とある事情で強制的に書かされたノンフィクション作品は一部の注目を集めたものの、いまだアルバイトで食いつなぐ日々だ。三重県の両親からの「帰ってこい」コールは無視し、近くに住む三つ年上の兄・航輝《こうき》の過剰な心配も振り切って創作に邁進《まいしん》したいと思っている。

だが彼女には小説を書くより秀でたある才能があった。彼女にはマニアックな文学的知識があり、その知識を駆使して推理を重ね、文壇内で起こる事件を解決へ導いているのだ。

一作目では新進気鋭のベストセラー小説家・岩崎翔吾《いわさきしょうご》と「芥川龍之介と太宰治」についての対談後に起こった、岩崎の二作目の作品の盗作疑惑と失踪《しっそう》事件を解決に導く。

Ⅱでは日本推理作家協会賞作家で大ベストセラーを次々と放つ元コピーライターの作家、汰柱桃蔵《たばしらとうぞう》の新作『告白・女児失踪』が実際に起こった女児失踪事件そのままであった理由を推理する。

Ⅲでは彗星《すいせい》の如く現れ一〇〇万部を突破する小説をたて続けに出した作家、櫻木沙友理《さくらぎさゆり》に続く新人作家発掘オーディションに合格した李奈と友人作家の那覇優佳《なはゆうか》、他七名の作家が瀬戸内海のある離島で遭遇した殺人事件を解決する。典型的な密室殺人事件をめぐり李奈の推理は冴《さ》える。

そして本書Ⅳでは REN というネット出身の作家の盗作疑惑に巻き込まれる。

親会社が医療機器メーカーの出版社グライト出版が大々的に売り出した REN は、年に二十冊も新刊を出し女子中高生を中心にどれもがベストセラー。一〇〇万部突破した作品もあるが文芸評論が出ることは皆無である。文壇は完全無視でも書店では大歓迎だ。しかしＲＥＮの著作はそれほど売れない作家たちが書いた「隠れた名作」のアイデアを組み合わせて作られているという告発がネットで炎上し、ブームは突如として失速した。

日本の法律では盗作や剽窃《ひょうせつ》に対してはっきりした基準があるわけではなく、ストーリー展開やアイデアは同じでも、登場人物名や文章が違えば盗用に問えない。

著作権は〝思想または感情を創作的に表現したもの〟を保護している。〝表現したもの〟とは文章だ。つまり文章が違えば盗用に当たらないのだ。

これまで出版関係の難事件を数々解決してきた杉浦李奈のもとに、多くの作家から相談が寄せられるようになったのもうなずける。しかも李奈の著作『トウモロコシの粒は偶数』もまたパクられていることが判明した。

この問題解決に頭を悩ませる李奈に、今度は脅迫メールが届く。それは「シンデレラの原典をさぐれ」という突拍子もないものだ。一週間以内に回答しなければ身内に災いが起こるという。実際、昨年夏に『シンデレラ物語』の原典に関し、新たな見解を発表する予定だった鍬谷芳雄《くわたによしお》という文学者が死亡事故を起こしていた。周囲に危害が及ぶことを恐れ、李奈は一人で調査を開始する。果たして、ＲＥＮの事件とシンデレラの原典探しは何らかの関係があるのか。

『écriture 新人作家・杉浦李奈の推論』シリーズを最初からお読みいただいた読者は気づいていると思うが、通底しているテーマの一つが「小説における模倣と剽窃、そして盗作」である。

小説家を志す人は、好きな作家の文章を真似たり書き写したりすることが多い。新人作家のデビュー作を読んで「あの作家の書き方に似ているな」と感じることはままあることだ。だが独特の言い回しや文章のくせ、あるいは表現をそのまま使用した場合は剽窃とされ、文章やアイデアをそっくり自分のものとする盗用、盗作とはニュアンスが違う。

このあたりの線引きは大変難しい。オリジナリティと模倣は創作の両輪であって、自覚せずに行っている場合もあれば、確信犯でありながら発覚しない、あるいは疑問視されてもあえて触れられないということも多々あるのだ。

二〇〇九年第六十二回日本推理作家協会賞「評論その他の部門」受賞作である栗原《くりはら》裕一郎《ゆういちろう》『〈盗作〉の文学史　市場・メディア・著作権』（新曜社）はデリケートで、ともすれば人々が関わらないようにする問題を真正面から捉《とら》えた唯一無二の評論である。

著者は明治時代から現代のネット小説まで言及し、報道されたり論争となった盗作や模倣とされる作品について善悪ではなく客観的に論じている。なかには丸写しで新人賞を受賞し、「受賞のことば」までパクりだったという猛者《もさ》も居たのには驚かされる。

松岡圭祐には『小説家になって億を稼ごう』（新潮新書）という挑戦的なタイトルながら、中身は非常に実用的な作家になる方法論があるが、その中で小説投稿サイトに用いられたアイデアは他の投稿者も流用して構わないという風潮が蔓延《はびこ》っていることを懸念している。本書でも法律上問題がなくても小説家としての倫理上、人の作品のアイデアを使うことの是非を問うている。

かつて私もある大家の小説家がノンフィクション作家の体験記をまるまる小説化した本を読んだことがある。あれが現代でネットに晒《さら》されたら、多分大炎上しただろうと思う。

さて本書のもう一つの謎、シンデレラの原典については多くの人が昔から興味を持っていた。いまはディズニーアニメで初めて触れる子どもが多いのかもしれないが、私は絵本や童話から入った。昔の童話には残酷なシーンもあって、ガラスの靴を履くために姉たちは指を切り落とさなくてはならなかった。それが猛烈に印象に残っている。

十七世紀のフランスの童話作家シャルル・ペローの作品が元になっているため、シンデレラの原典はヨーロッパにあると思われていた。しかし後年、それは覆される。その過程は本書に詳しいが、類似した物語は世界中にあふれており、伝播《でんぱ》したのか自然発生的に存在したのかは長く議論されてきた。

世界的に似たような民話が残っていることは、柳田国男《やなぎたくにお》も研究しようとしていたらしく、『昔話覚書』の中で〝主として二つ以上懸け離れた民族の間にどうしてこのような一致または類似があるのかを、考えてみようとした試みのつもりであった〟ことを高木昌史《たかぎまさふみ》が『グリム童話と日本昔話』（二〇一五年三弥井書店）の中で触れている。シンデレラ研究に限っても山室静《やまむろしずか》『世界のシンデレラ物語』（一九七九年新潮選書）や浜本隆志《はまもとたかし》『シンデレラの謎』（二〇一七年河出ブックス）などの労作がある。

松岡圭祐はこれらの研究結果に十分な敬意を払いつつ、大胆な仮説と現代の最先端技術であるテキストマイニングを駆使して杉浦李奈に驚くべき結論を出させている。終盤の知的格闘技ともいうべき議論の構築は、今までの三作品で鍛え上げられた杉浦李奈の成長の証であり、今後彼女が書くべき小説の方向性を表していると思う。

本シリーズもまた『催眠』『千里眼』『万能鑑定士Qの事件簿』『特等添乗員αの難事件』『高校事変』『水鏡推理』などと同じく大人気シリーズに育っていくのだろう。

ただ今一番気になるのは、杉浦李奈の次回作だ。岩崎翔吾事件のノンフィクション作品の次はどんな作品になるのだろう。そろそろ創作に本腰を入れさせてあげたいと思うのは私だけではないはずだ。

本書は書き下ろしです。

この物語はフィクションであり、登場する個人・団体等は、現実と一切関係がありません。

écriture《エクリチュール》　新人作家《しんじんさっか》・杉浦《すぎうら》李《り》奈《な》の推論《すいろん》 IV

シンデレラはどこに

松岡圭祐《まつおかけいすけ》

令和4年 4月25日　初版発行

発行者●堀内大示

発行●株式会社KADOKAWA
〒102-8177　東京都千代田区富士見2-13-3
電話　0570-002-301（ナビダイヤル）

角川文庫 23151

印刷所●株式会社暁印刷
製本所●本間製本株式会社

表紙画●和田三造

●お問い合わせ
https://www.kadokawa.co.jp/（「お問い合わせ」へお進みください）
※内容によっては、お答えできない場合があります。
※サポートは日本国内のみとさせていただきます。
※Japanese text only

ISBN 978-4-04-112541-0　C0193

◇◇◇

角川文庫発刊に際して

角川源義

第二次世界大戦の敗北は、軍事力の敗北であった以上に、私たちの若い文化力の敗退であった。私たちの文化が戦争に対して如何に無力であり、単なるあだ花に過ぎなかったかを、私たちは身を以て体験し痛感した。西洋近代文化の摂取にとって、明治以後八十年の歳月は決して短かすぎたとは言えない。にもかかわらず、近代文化の伝統を確立し、自由な批判と柔軟な良識に富む文化層として自らを形成することに私たちは失敗して来た。そしてこれは、各層への文化の普及滲透を任務とする出版人の責任でもあった。

一九四五年以来、私たちは再び振出しに戻り、第一歩から踏み出すことを余儀なくされた。これは大きな不幸ではあるが、反面、これまでの混沌・未熟・歪曲の中にあった我が国の文化に秩序と確たる基礎を齎らすためには絶好の機会でもある。角川書店は、このような祖国の文化的危機にあたり、微力をも顧みず再建の礎石たるべき抱負と決意とをもって出発したが、ここに創立以来の念願を果すべく角川文庫を発刊する。これまで刊行されたあらゆる全集叢書文庫類の長所と短所とを検討し、古今東西の不朽の典籍を、良心的編集のもとに、廉価に、そして書架にふさわしい美本として、多くのひとびとに提供しようとする。しかし私たちは徒らに百科全書的な知識のジレッタントを作ることを目的とせず、あくまで祖国の文化に秩序と再建への道を示し、この文庫を角川書店の栄ある事業として、今後永久に継続発展せしめ、学芸と教養との殿堂として大成せんことを期したい。多くの読書子の愛情ある忠言と支持とによって、この希望と抱負とを完遂せしめられんことを願う。

一九四九年五月三日

『高校事変』を超える、
壮絶な女子高生の復讐譚と不可解な謎――

JK

松岡圭祐

2022年5月24日発売予定

発売日は予告なく変更されることがあります。

角川文庫

出版界にニューヒロイン誕生！

謎解き文学ミステリ

好評発売中

『écriture 新人作家・杉浦李奈の推論』

著：**松岡圭祐**

ラノベ作家の李奈は、新進気鋭の小説家・岩崎翔吾との雑誌対談に出席。後日、岩崎の小説に盗作疑惑が持ち上がり、その騒動に端を発した事件に巻き込まれていく。真相は一体？　出版界を巡る文学ミステリ！

角川文庫

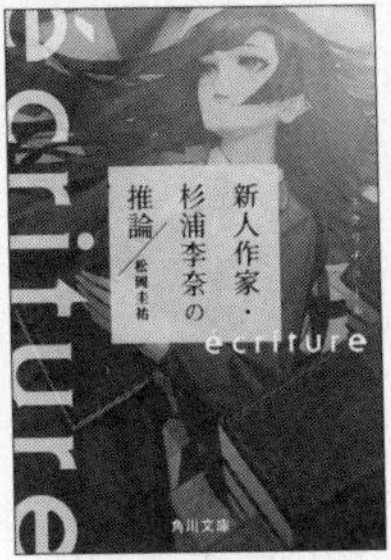

角川文庫ベストセラー

千里眼の教室　松岡圭祐

我が高校国は独立を宣言し、主権を無視する日本国へは生徒の粛清をもって対抗する。前代未聞の宣言の裏に隠された真実に岬美由紀が迫る。いじめ・教育から心の問題までを深く抉り出す渾身の書き下ろし！

千里眼 堕天使のメモリー　松岡圭祐

『千里眼の水晶体』で死線を超えて蘇ったあの女が東京の街を駆け抜ける！　メフィスト・コンサルティングの仕掛ける罠を前に岬美由紀は人間の愛と尊厳を守り抜けるか!?　新シリーズ書き下ろし第6弾！

千里眼 美由紀の正体（上）（下）　松岡圭祐

親友のストーカー事件を調べていた岬美由紀は、それが大きな組織犯罪の一端であることを突き止める。しかし彼女のとったある行動が次第に周囲に不信感を与え始めていた。美由紀の過去の謎に迫る！

千里眼 シンガポール・フライヤー（上）（下）　松岡圭祐

世界中を震撼させた謎のステルス機・アンノウン・シグマの出現と新種の鳥インフルエンザの大流行。一見関係のない事件に隠された陰謀に岬美由紀が挑む。F1レース上で繰り広げられる猛スピードアクション！

千里眼 優しい悪魔（上）（下）　松岡圭祐

スマトラ島地震のショックで記憶を失った姉の、莫大な財産の独占を目論む弟。メフィスト・コンサルティングのダビデが記憶の回復と引き替えに出した悪魔の契約とは？　ダビデの隠された日々が、明かされる！

角川文庫ベストセラー

千里眼　キネシクス・アイ（上）（下）　松岡圭祐

突如、暴風とゲリラ豪雨に襲われる能登半島。災害はノン=クオリアが放った降雨弾が原因だった!! 無人ステルス機に立ち向かう美由紀だが、なぜかすべての行動を読まれてしまう……美由紀、絶体絶命の危機!!

万能鑑定士Qの事件簿0　松岡圭祐

舞台は2009年。匿名ストリートアーティスト・バンクシーと漢委奴国王印の謎を解くため、凜田莉子がもういちど帰ってきた！　シリーズ10周年記念、完全新作。人の死なないミステリ、ここに極まれり！

万能鑑定士Qの事件簿（全12巻）　松岡圭祐

23歳、凜田莉子の事務所の看板に刻まれるのは「万能鑑定士Q」。喜怒哀楽を伴う記憶術で広範囲な知識を有す莉子は、瞬時に万物の真価・真贋・真相を見破る！　日本を変える頭脳派新ヒロイン誕生!!

万能鑑定士Qの推理劇Ⅰ　松岡圭祐

天然少女だった凜田莉子は、その感受性を役立てるすべを知り、わずか5年で驚異の頭脳派に成長する。次々と難事件を解決する莉子に謎の招待状が……面白くて知恵がつく、人の死なないミステリの決定版。

万能鑑定士Qの推理劇Ⅱ　松岡圭祐

ホームズの未発表原稿と『不思議の国のアリス』史上初の和訳本。2つの古書が莉子に「万能鑑定士Q」閉店を決意させる。オークションハウスに転職した莉子が2冊の秘密に出会った時、過去最大の衝撃が襲う!!

角川文庫ベストセラー

万能鑑定士Qの推理劇 Ⅲ　松岡圭祐

「あなたの過去を帳消しにします」。全国の腕利き贋作師に届いた、謎のツアー招待状。凜田莉子に更生を約束した錦織英樹も参加を決める。不可解な旅程に潜む巧妙なる罠を、莉子は暴けるのか⁉

万能鑑定士Qの推理劇 Ⅳ　松岡圭祐

「万能鑑定士Q」に不審者が侵入した。変わり果てた事務所には、かつて東京23区を覆った〝因縁のシール〟が何百何千も貼られていた！　公私ともに凜田莉子を激震が襲う中、小笠原悠斗は彼女を守れるのか⁉

万能鑑定士Qの探偵譚　松岡圭祐

波照間に戻った凜田莉子と小笠原悠斗を待ち受ける新たな事件。悠斗への想いと自らの進む道を確かめるため、莉子は再び「万能鑑定士Q」として事件に立ち向かい、羽ばたくことができるのか？

万能鑑定士Qの謎解き　松岡圭祐

幾多の人の死なないミステリに挑んできた凜田莉子。彼女が直面した最大の謎は大陸からの複製品の山だった。しかもその製造元、首謀者は不明。仏像、陶器、絵画にまつわる新たな不可解を莉子は解明できるか。

万能鑑定士Qの短編集 Ⅰ　松岡圭祐

一つのエピソードでは物足りない方へ、そしてシリーズ初読の貴方へ送る傑作群！　第1話 凜田莉子登場／第2話 水晶に秘めし詭計／第3話 バスケットの長い旅／第4話 絵画泥棒と添乗員／第5話 長いお別れ。

角川文庫ベストセラー

特等添乗員αの難事件 Ⅴ　松岡圭祐

〝閃きの小悪魔〟と観光業界に名を馳せる浅倉絢奈に1人のニートが恋をした。男は有力ヤクザが手を結ぶ一大シンジケート、そのトップの御曹司だった‼ 金と暴力の罠を、職場で孤立した絢奈は破れるか？

特等添乗員αの難事件 Ⅵ　松岡圭祐

閃きのヒロイン、浅倉絢奈が訪れたのは韓国ソウル。到着早々に思いもよらぬ事態に見舞われる。ラテラル・シンキングを武器に、今回も難局を乗り越えられるか⁉ この巻からでも楽しめるシリーズ第6弾！

高校事変　松岡圭祐

武蔵小杉高校に通う優莉結衣は、平成最大のテロ事件を起こした主犯格の次女。この学校を突然、総理大臣が訪問することに。そこに武装勢力が侵入。結衣は、化学や銃器の知識や機転で武装勢力と対峙していく。

高校事変 Ⅱ　松岡圭祐

女子高生の結衣は、大規模テロ事件を起こし死刑になった男の次女。ある日、結衣と同じ養護施設の女子高生が行方不明に。彼女の妹に懇願された結衣が調査を進めると暗躍するJKビジネスと巨悪にたどり着く。

高校事変 Ⅲ　松岡圭祐

平成最悪のテロリストを父に持つ優莉結衣を武装集団が拉致。結衣が目覚めると熱帯林の奥地にある奇妙な〈学校村落〉に身を置いていた。この施設の目的は？ 日本社会の「闇」を暴くバイオレンス文学第3弾！